CB008624

TONI MORRISON

Voltar para casa

Tradução
José Rubens Siqueira

1ª reimpressão

Grafia atualizada segundo o Acordo Ortográfico da Língua Portuguesa de 1990, que entrou em vigor no Brasil em 2009.

Título original
Home

Capa
Mateus Valadares

Foto de capa
wingmar / Getty Images

Preparação
Silvia Massimini Felix

Revisão
Angela das Neves
Márcia Moura

Dados Internacionais de Catalogação na Publicação (CIP)
(Câmara Brasileira do Livro, SP, Brasil)

Morrison, Toni
Voltar para casa / Toni Morrison ; tradução José Rubens Siqueira. — 1ª ed. — São Paulo : Companhia das Letras, 2016.

Título original: Home.
isbn 978-85-359-2712-2

1. Ficção norte-americana I. Título.

16-01778 CDD-813

Índice para catálogo sistemático:
1. Ficção : Literatura norte-americana 813

[2022]

EDITORA SCHWARCZ S.A.
Rua Bandeira Paulista, 702, cj. 32
04532-002 — São Paulo — SP
Telefone: (11) 3707-3500
www.companhiadasletras.com.br
www.blogdacompanhia.com.br
facebook.com/companhiadasletras
instagram.com/companhiadasletras
twitter.com/cialetras

Slade

De quem é esta casa?
De quem é a noite que não deixa entrar a luz
aqui?
Me diga, quem é dono desta casa?
Não é minha.
Sonhei com outra, mais doce, mais clara
com uma vista de lagos que barcos pintados atravessam;
de campos largos como braços abertos para mim.
Esta casa é estranha.
Suas sombras mentem.
Olhe, me diga, por que minha chave encaixa na fechadura?

1

Eles levantaram feito homens. Eu vi. Feito homens, ficaram em pé.

A gente não devia estar nem perto daquele lugar. Como quase todas as fazendas em volta de Lotus, Geórgia, essa aí tinha uma porção de placas que assustavam. As ameaças penduradas nas cercas de alambrado com um mourão a cada quinze metros mais ou menos. Mas quando a gente viu um espaço pra rastejar que algum bicho tinha cavado — um coiote, quem sabe, ou um guaxinim —, não deu pra resistir. A gente era só criança. Naquela época, a grama batia no ombro pra ela e na cintura pra mim; então, vigiando se não tinha cobra, a gente passou rastejando de barriga. A recompensa valia a dor do sumo da grama e das nuvens de mosquitinhos nos olhos, porque bem ali na nossa frente, a uns quinze metros, eles estavam em pé feito homens. Os cascos erguidos batendo com estrondo, as crinas sacudindo por cima dos olhos brancos enlouquecidos. Eles se mordiam feito cachorros, mas quando levantavam, erguidos nas patas de trás, as da frente em volta do cangote um do outro, a gente ficava sem ar de emoção. Um era cor de ferrugem, o outro muito preto, os dois brilhando de suor. Os relinchos não assustavam tanto quanto o silêncio depois de um coice na boca do oponente. Ali perto, os potros e as éguas, indiferentes, mascavam a grama, olhavam pro outro lado. Então eles pararam. O cor de ferrugem baixou a cabeça e bateu o casco no chão, enquanto o vencedor saiu trotando num arco, empurrando as éguas na frente dele.

Engatinhando pela grama, procurando o buraco cavado, evitando a fila de caminhões estacionados adiante, a gente se perdeu. Mesmo demorando uma eternidade pra ver de novo a cerca, nenhum de nós dois entrou em pânico quando ouviu vozes, aflitas, mas falando baixo. Agarrei o braço dela e pus um dedo nos meus lábios. Sem erguer a cabeça, só espiando pela grama, nós vimos eles puxarem um corpo de um carrinho de mão e jogar dentro de um buraco que já estava esperando. Um pé ficou espetado pra fora na beirada e tremeu, como se conseguisse sair, como se com um pequeno esforço pudesse escapar da terra que jogavam por cima. Não dava pra ver a cara dos homens que enterravam o corpo, só as calças; mas a gente viu a ponta de uma pá empurrar pra baixo o pé que tremia pra se juntar com o resto. Quando ela viu aquele pé preto com a sola clara e rosada riscada de lama empurrado pra dentro do túmulo, o corpo dela inteiro começou a tremer. Abracei os ombros dela com força e tentei puxar o seu tremor pros ossos do meu corpo porque, como irmão quatro anos mais velho, achei que eu aguentava. Os homens já tinham ido embora fazia tempo e a lua era um melão quando a gente sentiu que não tinha perigo mexer a grama e continuar saindo de barriga, procurando a parte cavada debaixo da cerca. Chegando em casa, a gente achou que ia levar uma surra ou pelo menos uma bronca por ficar fora até tão tarde, mas os adultos nem ligaram pra nós. Estavam ocupados com alguma perturbação.

Como você está querendo escrever a minha história, pense o que for pensar e escreva o que escrever, fique sabendo de uma coisa: eu esqueci mesmo o enterro. Só lembrava dos cavalos. Eram tão bonitos. Tão brutos. E em pé feito homens.

2

Respirar. Como fazer isso de um jeito que ninguém ficasse sabendo que ele estava acordado? Fingir um ronco ritmado, profundo, deixar pender o lábio inferior. O mais importante: as pálpebras não podem se mexer, e tem de deixar o coração bater de um jeito regular e as mãos moles. Às duas da manhã, quando eles conferissem para ver se ele precisava de outra injeção imobilizadora, veriam o paciente do segundo andar, quarto 17, mergulhado num sono de morfina. Se ficassem convencidos, podiam pular a injeção e soltar os pulsos, de forma que ele sentisse algum sangue nas mãos. O truque de imitar um semicoma, igual a se fingir de morto de cara para baixo na lama de um campo de batalha, era se concentrar só num objeto neutro. Uma coisa que encobrisse qualquer sinal fortuito de vida. Gelo, ele pensou, um cubo, um pingente, um lago com uma crosta de gelo ou uma paisagem nevada. Não. Emoção demais nas colinas congeladas. Fogo, então? Nunca. Ativo demais. Ele precisava de uma coisa que não mexesse com nenhum sentimento, não despertasse nenhuma lembrança — doce ou vergonhosa. Só procurar por isso já esta agitado. Tudo lembrava alguma coisa cheia de dor. Visualizar uma folha de papel em branco levava sua mente para a carta que tinha recebido — aquela que havia fechado sua garganta: "Venha depressa. Ela vai morrer se você demorar". Por fim, ele escolheu a cadeira do canto do quarto como objeto neutro. Madeira. Carvalho. Laqueada ou tingida. Quantas tabuinhas no encosto? O assento era chato ou encurvado para um traseiro? Feita à mão ou feita à máquina? Se feita à mão, quem era o carpinteiro e onde ele tinha conseguido a madeira? Inútil. A cadeira provocava perguntas, não um vazio de indiferença. Que tal o mar num dia nublado visto do convés de um navio de tropas — sem horizonte nem esperança para ninguém? Não. Isso não, porque entre os corpos refrigerados lá embaixo, alguns deles talvez fossem dos rapazes de casa. Ele teria de se concentrar em alguma outra coisa — um céu noturno, sem estrelas, ou melhor, trilhos de trem. Sem cenário, sem trens, só sem fim, trilhos sem fim.

Tinham levado sua camisa e as botas de amarrar, mas a calça e o paletó do Exército (nenhum dos dois um instrumento efetivo para suicídio) estavam pendurados no armário. Ele só precisava seguir pelo corredor até a porta de saída, que nunca ficava trancada naquele andar depois de um incêndio que matou uma enfermeira e dois pacientes. Essa era a história que Crane, o auxiliar de enfermagem tagarela, tinha contado, mascando chicletes rápido enquanto lavava as axilas do paciente, mas ele acreditava que era uma simples desculpa para as escapadas dos funcionários, que iam fumar. Seu primeiro plano de fuga era apagar Crane da próxima vez que ele viesse limpar sua sujeira. Isso exigia os punhos soltos e era muito arriscado, então ele escolheu outra estratégia.

Dois dias antes, quando estava algemado no banco de trás

de um carro de patrulha, tinha girado a cabeça feito um louco para ver onde estava e para onde ia. Nunca tinha estado naquele bairro. Central City era seu território. Nada em particular se destacava a não ser o néon violento de uma placa de restaurante e um imenso cartaz numa igreja minúscula: AME* Sião. Se ele conseguisse passar pela saída de incêndio, era para lá que iria: para Sião. Mas antes de escapar, precisava arrumar sapato de algum jeito. Andar sem sapato em qualquer lugar, no inverno, era garantia de ser preso e voltar para a divisão até ser condenado por vadiagem. Lei interessante essa de vadiagem, quer dizer, ficar parado na rua ou andando sem finalidade clara para qualquer lugar. Levar um livro ajudaria, mas estar descalço seria contraditório com "finalidade clara", e ficar parado podia provocar uma reclamação de "vadiagem". Mais do que todos, ele sabia que não precisava estar na rua para alegarem perturbação legal ou ilegal. Você podia estar dentro de casa, morando na sua casa há anos e mesmo assim homens com ou sem distintivos, mas sempre com armas, podiam forçar você, sua família, seus vizinhos a fazer as malas e mudar — com ou sem sapatos. Vinte anos atrás, quando tinha quatro anos, tivera um par deles, embora a sola de um dos pés batesse a cada passo. Moradores de quinze casas haviam recebido ordem de deixar seu pequeno bairro nos arredores da cidade. Em vinte e quatro horas, disseram, senão. "Senão" queria dizer "morrem". Foi de manhã cedinho que vieram os avisos, então o balanço do dia foi confusão, raiva e empacotamento de coisas. À noite, a maioria estava indo embora — sobre rodas quando possível, a pé se não. No entanto, apesar das ameaças dos homens, encapuzados ou

* African Methodist Episcopal: Igreja Afro-Metodista Episcopal. [Esta e as demais notas são do tradutor.]

não, e dos pedidos dos vizinhos, um velho chamado Crawford sentou nos degraus da varanda e se recusou a desocupar. Cotovelos nos joelhos, mãos crispadas, mascando tabaco, ele esperou a noite inteira. Pouco antes do amanhecer, quando se completaram as vinte e quatro horas, ele foi espancado até a morte com canos e coronhas de rifles, e amarrado à magnólia mais antiga do condado — aquela que crescera em seu próprio jardim. Talvez o amor por essa árvore que, como ele costumava se gabar, sua bisavó havia plantado é que o tornasse tão teimoso. Na calada da noite, alguns vizinhos que haviam se retirado se esgueiraram de volta, desamarraram o velho e o enterraram debaixo da magnólia querida. Um dos coveiros contou a quem quisesse ouvir que tinham arrancado os olhos do sr. Crawford.

Embora sapatos fossem vitais para essa fuga, o paciente não tinha nenhum. Às quatro da manhã, antes de nascer o sol, ele conseguiu afrouxar as pulseiras de lona, se soltar e rasgar a camisola do hospital. Vestiu a calça e o paletó do Exército e se esgueirou descalço pelo corredor. A não ser pelo choro do quarto ao lado da saída de incêndio, estava tudo quieto — nenhum rangido dos sapatos dos auxiliares de enfermagem, nem risos abafados, e nenhum cheiro de fumaça de cigarro. As dobradiças gemeram quando ele abriu a porta e o frio bateu nele como um martelo.

O ferro congelado dos degraus da saída de incêndio era tão doloroso que ele pulou a balaustrada e afundou os pés na neve mais quente do solo. Um luar maníaco, cumprindo a função das estrelas ausentes, combinava com seu frenético desespero, iluminava seus ombros curvados e as pegadas deixadas na neve. No bolso, a medalha de serviços prestados, mas nenhum dinheiro, por isso nem lhe ocorreu procurar uma cabine telefônica para ligar para Lily. Ele não ligaria mesmo, não só por causa da frieza da despedida deles, mas também porque ficaria envergonhado de precisar dela agora — um homem descalço fugitivo de um hospício. Segurando a lapela bem fechada no pescoço, evitou a calçada raspada e correu seis quarteirões pela neve amontoada, o mais depressa que o resíduo da droga do hospital permitia, até a paróquia da igreja AME Sião, uma pequena construção de tábuas. Os degraus da varanda estavam absolutamente limpos de neve, mas a casa estava escura. Ele bateu — forte, pensou, considerando o quanto suas mãos estavam congeladas, mas não tão ameaçador como o *bam-bam* de um grupo de cidadãos ou de um batalhão da polícia. A insistência compensou; uma luz se acendeu e uma fresta da porta se abriu, depois mais, revelando um homem de cabelo grisalho com roupão de flanela, segurando os óculos e com a testa franzida diante do descaramento de um visitante antes do amanhecer.

Ele queria dizer "bom dia", ou "desculpe", mas seu corpo tremia com tanta violência como se fosse uma vítima da doença de São Vito, e os dentes batiam tão incontrolavelmente que ele não conseguia emitir um som. O homem à porta avaliou bem o trêmulo visitante e depois recuou um passo para deixá-lo entrar.

"Jean! Jean!" Ele se virou para dirigir a voz escada acima antes de gesticular para que o visitante entrasse. "Meu Deus", resmungou, fechando a porta. "Você está uma lástima."

Ele tentou sorrir e não conseguiu.

"O meu nome é Locke, reverendo John Locke. E o seu?"

"Frank, reverendo. Frank Money."

"Veio ali do fim da rua? Daquele hospital?"

Frank fez que sim enquanto batia os pés e tentava esfregar um pouco de vida nos dedos.

O reverendo Locke deu um grunhido. "Sente-se", disse.

Depois, sacudindo a cabeça, acrescentou: "Você tem sorte, sr. Money. Eles vendem uma porção de corpos lá".

"Corpos?" Frank afundou no sofá, apenas vagamente interessado ou curioso a respeito do que o homem dizia.

"A-hã. Pra escola de medicina."

"Vendem corpos de mortos? Pra quê?"

"Bom, sabe como é, os médicos precisam trabalhar com os pobres mortos pra ajudar os ricos vivos."

"John, pare." Jean Locke desceu a escada, amarrando o cinto do roupão. "Está falando bobagem."

"Essa é a minha esposa", disse Locke. "E apesar de ser doce como mel, está sempre errada."

"Oi, dona. Desculpe, eu..." Ainda tremendo, Frank se pôs de pé.

Ela o interrompeu. "Não precisa disso. Fique sentado", ela disse e desapareceu na cozinha.

Frank fez o que ela mandou. A não ser pela ausência de vento, a casa era só um pouco menos fria que lá fora e as capas de plástico esticadas em cima do sofá não ajudavam.

"Desculpe se a casa é muito fria pra você." Locke notou que Frank estava com os lábios tremendo. "Por aqui a gente está acostumado com chuva, não com neve. Por falar nisso, de onde você é?"

"De Central City."

Locke deu um grunhido, como se isso explicasse tudo. "Está querendo voltar pra lá?"

"Não, senhor. Estou indo pro Sul."

"Bom, como é que você foi parar no hospital em vez da cadeia? É pra lá que vai a maioria dos sujeitos descalços, malvestidos."

"Sangue, acho. Um monte de sangue escorrendo pela minha cara."

"Como foi isso?"

"Não sei."

"Não lembra?"

"Não. Só do barulho. Forte. Forte mesmo." Frank esfregou a testa. "Quem sabe eu estava brigando?" Ele fez a pergunta como se o reverendo pudesse saber por que ele estivera amarrado e sedado durante dois dias.

O reverendo Locke olhou para ele, preocupado. Não nervoso, só preocupado. "Eles devem ter achado que você era perigoso. Se você só estivesse doente, nunca que iam te deixar entrar. Pra onde você vai exatamente, irmão?" Ele ainda estava de pé com as mãos às costas.

"Pra Geórgia, sim, senhor. Se eu conseguir."

"Não me diga. É uma boa distância. O irmão Money tem algum dinheiro?" Locke sorriu com o próprio jogo de palavras.

"Tinha um pouco quando me pegaram", Frank respondeu. No bolso de sua calça não havia nada agora, a não ser a medalha do Exército. E ele não conseguia lembrar quanto Lily tinha lhe dado. Só de seus lábios curvados para baixo e dos olhos implacáveis.

"Mas não tem mais, certo?" Locke apertou os olhos. "Procurado pela polícia?"

"Não", disse Frank. "Não, senhor. Eles só me pegaram e botaram na ala dos loucos." Pôs as mãos em concha diante da boca e soprou. "Acho que não me acusaram de nada."

"Você não ia saber se tivessem acusado."

Jean Locke voltou com uma bacia de água fria. "Ponha os pés aqui dentro, filho. Está fria, mas não é bom esquentar depressa demais."

Frank mergulhou os pés na água e suspirou. "Obrigado."

"Por que pegaram ele? A polícia, eu digo." Jean fez a pergunta ao marido, que deu de ombros.

Por quê, de fato? A não ser pelo rugido daquele B-29, o que ele estivesse fazendo que atraiu a atenção da polícia tinha sumido faz tempo. Ele não conseguia explicar para si mesmo, quanto mais para o casal gentil que estava lhe dando ajuda. Se não estava numa briga, estaria mijando na calçada? Ofendendo com palavrões algum passante, alguma criança de escola? Estava batendo a cabeça na parede ou escondido atrás dos arbustos do quintal de alguém?

"Eu devia estar aprontando", ele disse. "Alguma coisa assim." Ele realmente não se lembrava. Tinha se jogado no chão com o súbito ruído de fogo contrário? Talvez tivesse começado uma briga com um estranho ou começado a chorar na frente das árvores — se desculpando com elas por atos que nunca cometera. O que ele lembrava era que assim que Lily fechou a porta atrás dele, apesar da seriedade da missão, sua ansiedade se tornou incontrolável. Ele tomou uns drinques para se preparar para a longa viagem. Quando saiu do bar, a ansiedade sumira, mas a clareza também. O que voltou foi a raiva, flutuando livre, o horror a si mesmo disfarçado como erro de outrem. E as lembranças que tinham amadurecido em Fort Lawton, de onde ele começara a se afastar assim que dispensado. Quando desembarcou, pensou em mandar um telegrama para casa, já que ninguém em Lotus tinha telefone. Mas junto com a greve de telefonistas, os telegrafistas estavam em greve também. Num cartão-postal de dois centavos, ele escreveu: "Voltei em segurança. Logo nos vemos". "Logo" não chegou nunca porque ele não queria voltar para casa sem os "rapazes de casa". Ele estava vivo demais para encarar a família de Mike ou de Stuff. Sua respiração fácil, o corpo incólume, seriam um insulto para eles. E qualquer mentira que inventasse sobre como os dois tinham morrido com valentia não ia evitar o ressentimento deles. Além disso, ele detestava Lotus. A população impiedosa, o isolamento, e principalmente a indiferença com o futuro só eram toleráveis se seus companheiros estivessem ali com ele.

"Quanto tempo faz que você voltou?" O reverendo Locke ainda estava de pé. O rosto mais macio.

Frank levantou a cabeça. "Um ano, mais ou menos."

Locke coçou o queixo e ia falar quando Jean apareceu com uma xícara e um prato de biscoitos. "É só água quente com bastante sal", ela disse. "Beba tudo, mas devagar. Vou buscar um cobertor."

Frank deu dois goles e depois bebeu todo o resto. Quando Jean trouxe mais, ela disse: "Filho, molhe o biscoito no líquido. Vai descer melhor".

"Jean", disse Locke, "dê uma olhada no que tem na caixa dos pobres."

"Ele precisa de sapatos também, John."

Não havia nenhum sapato sobrando, então puseram quatro pares de meias e umas galochas rasgadas ao lado do sofá.

"Durma um pouco, irmão. Tem uma dura jornada pela frente, e não estou falando só da Geórgia."

Frank adormeceu entre um cobertor de lã e capas de plástico e teve um sonho povoado de partes de corpos. Acordou com um sol militante e cheiro de torradas. Levou um tempo, mais do que deveria, para registrar onde estava. O resíduo de dois dias de drogas no hospital estava indo embora, mas devagar. Onde quer que estivesse, estava agradecido pelo brilho do sol não machucar sua cabeça. Sentou-se e notou as meias bem dobradas no tapete, como pés quebrados. Então, ouviu murmúrios na sala ao lado. Enquanto olhava as meias, o passado imediatamente entrou em foco: a fuga do hospital, a corrida gelada, e por fim o reverendo Locke e sua esposa. Então estava de volta ao mundo real quando Locke entrou e perguntou como se sentia depois de três horas de sono.

"Bem. Estou me sentindo bem", Frank disse.

Locke mostrou-lhe o banheiro e pôs um conjunto de barbear e uma escova de cabelo na beira da pia. Calçado e limpo, ele revirou os bolsos da calça para ver se os auxiliares de enfermagem tinham deixado passar alguma coisa, uma moeda de vinte e cinco centavos, de dez, mas a medalha de CIB* era a única coisa que haviam deixado para ele. O dinheiro que Lily lhe dera, claro, tinha sumido também. Frank sentou-se à mesa de tampo esmaltado e tomou o desjejum de mingau de aveia e torrada com manteiga demais. No centro da mesa, havia oito notas de um dólar e um montinho de moedas. Podia ser o cacife de um jogo de pôquer, só que com certeza ganho de um jeito muito mais duro: as de dez centavos escorregavam dos porta-níqueis, as de cinco eram dadas com relutância por crianças que tinham outros planos (mais doces) para elas; as notas de dólares representavam a generosidade de uma família inteira.

"Dezessete dólares", disse Locke. "Mais que suficiente pra uma passagem de ônibus até Portland e depois pra algum lugar perto de Chicago. Claro que com toda certeza não vai dar pra chegar até a Geórgia, mas quando descer em Portland, você vai fazer o seguinte."

Ele orientou Frank a entrar em contato com o reverendo Jessie Maynard, pastor de uma igreja batista, e disse que ia telefonar para ele, para que esperasse mais um.

"Mais um?"

"Bom, você não é o primeiro, nem de longe. Um Exército reintegrado é miséria reintegrada. Vocês todos vão lutar, voltam e eles tratam vocês feito cachorros. Corrigindo: tratam cachorro melhor."

* Combat Infantryman Badge: emblema de infantaria de combate.

Frank olhou para ele, mas não disse nada. O Exército não o tratara tão mal. Não era culpa deles que ele pirasse de vez em quando. Na verdade, os médicos da dispensa tinham sido solícitos, bondosos, disseram que a loucura ia acabar passando. Eles sabiam tudo a respeito do que tinha acontecido, mas garantiram que ia passar. Só fique longe de bebida, disseram. Coisa que ele não fez. Não podia. Até conhecer Lily.

Locke estendeu para Frank a aba rasgada de um envelope com o endereço de Maynard e disse que Maynard tinha uma congregação grande e podia dar mais ajuda que seu pequeno rebanho.

Jean tinha embrulhado seis sanduíches, um pouco de queijo, um pouco de salsicha e três laranjas numa sacola de mercado. Entregou-a para ele junto com um gorro tricotado. Frank vestiu o gorro, agradeceu a ela, espiou dentro da sacola e perguntou: "É longa a viagem?".

"Não importa", disse Locke. "Você vai agradecer cada bocado, já que não vai poder sentar em nenhum bar das paradas do ônibus. Escute aqui, você é da Geórgia, estava num Exército desagregado e talvez ache que lá no Norte é diferente do Sul. Não pense nisso e não conte com isso. O costume é tão verdadeiro como a lei e pode ser tão perigoso quanto ela. Agora vamos. Eu te levo de carro."

Frank parou na porta, enquanto o reverendo pegava seu casaco e a chave do carro.

"Até logo, dona. Fico muito agradecido."

"Cuide-se bem, filho", ela respondeu, dando-lhe tapinhas no ombro.

No guichê, Locke trocou as moedas por notas de papel e comprou a passagem de Frank. Antes de ir para a fila na porta do ônibus Greyhound, Frank notou um carro de polícia passando. Ajoelhou-se como se afivelasse as galochas. Quando o perigo passou, pôs-se de pé, virou para o reverendo Locke e estendeu a mão. Enquanto apertavam as mãos, os dois homens se olharam nos olhos, sem dizer nada e dizendo tudo, como se "adeus" significasse o que significou um dia: Deus esteja com você.

Havia muito poucos passageiros, mas Frank sentou-se devidamente na última fila, tentando encolher seu metro e oitenta e oito, agarrado ao saco de sanduíches. Pelas janelas, através do pelame da neve, a paisagem ficou mais melancólica quando o sol conseguiu iluminar as árvores paradas, incapazes de falar sem suas folhas. As casas de aspecto solitário remodelavam a neve, enquanto carrinhos de criança aqui e ali acumulavam montes dela. Só os caminhões parados nas entradas pareciam vivos. Divagando sobre como devia ser dentro daquelas casas, não conseguia imaginar nada. Então, como acontecia sempre que estava sozinho e sóbrio, onde quer que fosse, viu um menino empurrando as entranhas de volta para dentro do corpo, segurando-as nas mãos como o globo de uma vidente estilhaçado com más notícias; ouviu um menino com apenas metade do rosto intacto, os lábios chamando mamãe. E ele pulava por cima deles, em torno deles, continuava vivo, para impedir seu próprio rosto de se dissolver e conservar as próprias tripas coloridas debaixo de uma camada de carne ah-tão-fina. Contra o preto e branco daquela paisagem de inverno, o sangue vermelho ocupava o centro do palco. Elas nunca iam embora, essas imagens. A não ser com Lily. Ele escolheu não pensar nessa viagem como um rompimento. Uma pausa, ele esperava. Porém, era difícil ignorar o que havia se tornado a vida com ela: uma crueldade cansada envolvia sua voz e o zumbir de sua decepção definia o silêncio. Às vezes, o rosto de Lily parecia se metamorfosear na parte da frente de um jipe — olhos de farol impiedosos, um brilho claro acima de um sorriso como grade. Estranho, como ela havia mudado. Lembrar o que ele adorava nela: a barriguinha, a parte de trás dos joelhos e seu lindo rosto arrasador, era como se alguém a redesenhasse como um cartum. Não podia ser tudo culpa dele, podia? Ele não saía para fumar fora do prédio de apartamentos? Não punha mais da metade do salário na penteadeira para ela gastar como quisesse? Não fazia a cortesia de erguer a tampa da privada — o que ela tomava como um insulto? E embora surpreso e divertido com a parafernália feminina pendurada na porta do banheiro ou nos armários lotados, nas bancadas de pia e em todo espaço disponível — bolsas de banho, implementos para enema, frascos de Massingill, Lydia Pinkham, Kotex, removedor de pelos Neet, cremes faciais, pacotes de lama, bobes, loções, desodorantes —, ele nunca tocava em nada nem questionava aquilo. Sim, ele às vezes ficava horas sentado no silêncio — amortecido, sem querer falar. Sim, ele regularmente perdia os poucos empregos esporádicos que conseguia arrumar. E embora às vezes, quando estava perto de Lily, fosse mais difícil respirar, ele não tinha nenhuma certeza de que conseguiria viver sem ela. Não era só na hora de fazer amor, de entrar naquilo que ele chamava do reino entre as pernas dela. Quando ele se deitava com o peso feminino do braço dela sobre o peito, os pesadelos se encolhiam e ele conseguia dormir. Quando acordava com ela, seu primeiro pensamento não era o bem-vindo ardor do uísque. Mais importante: ele não sentia mais atração por outras mulheres — quer estivessem abertamente flertando ou se expondo para seu próprio prazer particular. Ele não as punha no mesmo nível de Lily; apenas as via como gente comum. Só com Lily as imagens se apagavam, iam para trás de um painel em seu cérebro, pálidas, mas à espera, à espera e acusadoras. Por que você não foi mais depressa? Se tivesse chegado antes, podia ter ajudado a eles. Podia ter puxado o menino para trás do morro como fez com Mike. E toda aquela matança que você fez depois? Mulheres correndo, arrastando crianças com elas. E aquele velho de uma perna só com uma muleta, mancando pela beira da estrada para não atrasar os outros, mais rápidos? Você abriu um buraco na cabeça dele porque achou que ia compensar a urina congelada na calça de Mike e vingar os lábios chamando mamãe. Compensou? Funcionou? E a menina. O que fez para merecer o que aconteceu com ela? Eram perguntas sem resposta se multiplicando como mofo nas sombras das fotografias que ele viu. Antes de Lily. Antes de vê-la subir numa cadeira, se esticar para alcançar uma prateleira alta do armário e pegar uma lata de Calumet que ela precisava para a refeição que estava preparando para ele. A primeira dos dois. Ele teria dado um pulo, pegado a lata da prateleira. Mas não. Não conseguia tirar os olhos da parte de trás dos joelhos dela. Quando ela se esticou, o vestido de um pano de algodão macio e florido subiu, expondo aquela carne raramente notada e ohhhh-tão-vulnerável. E por uma razão que ainda não entendia, ele começou a chorar. Amor comum, simples, e tão rápido que o abalou.

Não havia amor com Jessie Maynard em Portland. Ajuda, sim. Mas o desdém era glacial. O reverendo era dedicado aos necessitados, aparentemente, mas só se estivessem devidamente vestidos, e não um jovem veterano, vigoroso e muito alto. Ele deixou Frank na varanda de trás, perto da entrada de carro onde jazia um Oldsmobile Rocket 98, e sorriu significativamente quando disse, à guisa de desculpa, "as minhas filhas estão dentro de casa". Era uma taxa de insulto sobre o solicitante de um sobretudo, um suéter e duas notas de dez dólares. O suficiente para chegar a Chicago e talvez metade do caminho até a Geórgia. Mesmo hostil, porém, o reverendo

Maynard lhe deu informações úteis para a viagem. Do livro de viagens Green, copiou alguns endereços e nomes de pensões e hotéis em que ele não seria recusado.

Frank enfiou a lista no bolso do casaco que o reverendo lhe deu e, sem que Maynard visse, enfiou as notas dentro das meias. Ao caminhar para a estação ferroviária, seu nervosismo diante da possibilidade de ter outro incidente — incontrolável, suspeito, destrutivo e ilegal — estava diminuindo. Além disso, às vezes conseguia saber quando vinha a quebra. Acontecera pela primeira vez quando tomou um ônibus perto de Fort Lawton, os papéis de dispensa intactos. Ele estava tranquilo, apenas sentado ao lado de uma mulher de roupa vistosa. A saia florida dela tinha um mundo de cores, a blusa era de um vermelho berrante. Frank viu as flores da barra da saia enegrecendo e a blusa vermelha perdendo a cor até ficar branca como leite. Então todo mundo, tudo. Além da janela — árvores, céu, um rapaz numa motoneta, grama, cercas vivas. Toda cor desapareceu e o mundo se transformou numa tela de cinema em preto e branco. Ele não gritou então porque achou que alguma coisa ruim estava acontecendo com seus olhos. Ruim, mas sanável. Ele se perguntou se era assim que cachorros, ou gatos, ou lobos, viam o mundo. Ou estava ficando cego para cores? Na parada seguinte, ele desceu e foi a pé para a estação Chevron, as chamas negras voando do V. Queria entrar no banheiro, fazer xixi e olhar no espelho para ver se tinha alguma infecção ocular, mas a placa na porta o impediu. Ele se aliviou nos arbustos atrás da estação, incomodado e um pouco assustado com a paisagem sem cor. O ônibus estava partindo, mas parou para ele reembarcar. Desceu no último ponto — a estação rodoviária da mesma cidade em que desembarcara e vira meninas do colégio cantando as boas-vindas aos veteranos cansados de guerra. Na rua em frente à estação rodoviária, o sol machucou. A luz dura o levou a procurar a sombra. E ali, debaixo de um carvalho do Norte, a grama ficou verde. Aliviado, entendeu que não ia gritar, nem quebrar nada, nem abordar estranhos. Isso veio mais tarde quando, fosse qual fosse a paleta do mundo, sua vergonha e fúria explodiram. Agora, se os sinais das cores sumindo aparecessem, ele teria tempo de correr e se esconder. Então, sempre que um toque de cor voltava, ele ficava contente por saber que não estava ficando cego para cores e a imagem horrível se desmanchava. Recuperada a confiança, ele podia passar um dia e meio num trem até Chicago sem incidentes.

Com a indicação de um condutor na plataforma, ele entrou num vagão de passageiros, atravessou a cortina verde de separação e encontrou um lugar à janela. O balanço do trem e o cantar dos trilhos o tranquilizaram a ponto de tirar um raro cochilo, tão profundo que ele perdeu o começo do tumulto, mas não o fim. Acordou com os soluços de uma moça sendo consolada por garçons de paletós brancos. Um deles acomodou um travesseiro atrás da cabeça dela; outro lhe deu uma pilha de guardanapos de pano para as lágrimas e o sangue que escorria de seu nariz. Ao lado dela, olhando ao longe, estava o marido quieto, furioso — o rosto, um crânio de vergonha, ao lado de seu par, a raiva dura.

Quando um garçom passou, Frank tocou seu braço e perguntou: "O que aconteceu?". Apontou o casal.

"Você não viu?"

"Não. O que foi?"

"Aquele ali é o marido. Ele desceu em Elko pra comprar café ou alguma coisa lá." Ele apontou por cima do ombro com o polegar. "O dono, ou os clientes, ou todo mundo, chutaram ele pra fora. Chutaram mesmo. Deram um pé no traseiro dele, derrubaram, chutaram mais um pouco e quando a esposa foi ajudar, levou uma pedrada na cara. A gente trouxe os dois de volta pro vagão, mas o povo continuou gritando até o trem partir. Olhe", disse ele, "está vendo isso?" Ele apontou gemas de ovos, não mais deslizando, porém grudadas como muco na janela.

"Alguém informou o condutor?", Frank perguntou.

"Está maluco?"

"Talvez. Olhe, você sabe de um bom lugar pra comer e dormir em Chicago? Eu tenho uma lista aqui. Sabe alguma coisa desses lugares?"

O garçom tirou os óculos, recolocou-os e examinou a lista do reverendo Maynard.

O garçom projetou os lábios. "Pra comer, vá no restaurante Booker", disse. "É perto da estação. Pra dormir, a ACM é sempre uma boa ideia. Fica em Wabash. Esses hotéis e o que eles chamam de lar pra turista podem custar uma boa grana e não sei se te deixam entrar com essas galochas rasgadas."

"Obrigado", disse Frank. "Fico contente de saber que eles são exigentes."

O garçom riu. "Quer um trago? Eu tenho um Johnnie Red na minha mala." No crachá dele estava escrito C. TAYLOR.

"Quero. Ah, se quero."

As papilas gustativas de Frank, desinteressadas de sanduíches de queijo e laranjas, se animaram à menção de uísque. Só um trago. O suficiente para assentar e adoçar o mundo. Mais que isso não.

A espera pareceu longa e, quando Frank já estava convencido de que o homem havia esquecido, Taylor voltou com uma xícara de café, pires e guardanapo. Dois dedos de *scotch* tremiam, convidativos, na xícara branca grossa.

"Olhe aí", disse Taylor, e seguiu sacolejando pelo corredor no ritmo do trem.

O casal agredido sussurrou um com o outro, ela baixinho, súplice, ele com urgência. Ele ia bater nela quando chegassem em casa, Frank pensou. E quem não bateria? Uma coisa é ser humilhado em público. O sujeito pode seguir em frente depois. Intolerável era uma mulher assistir, uma esposa, que não só viu como ousou tentar ajudar — ajudar! Ele não podia se proteger e não podia proteger a ela também, como provava a pedrada em seu rosto. Ela ia ter de pagar por aquele nariz quebrado. E mais de uma vez.

Com a cabeça de novo na moldura da janela, ele cochilou um pouco depois da xícara de *scotch* e acordou quando ouviu alguém se sentando a seu lado. Estranho. Havia vários lugares vazios no vagão. Ele se virou e, mais divertido que surpreso, examinou o colega de banco — um homem pequeno usando chapéu de aba larga. O terno azul-claro com paletó comprido e calça balão. Os sapatos eram brancos, excepcionalmente pontudos. O homem olhava para a frente. Ignorado, Frank se encostou à janela e retomou o cochilo. Assim que o fez, o homem de terno com ombreiras se levantou e desapareceu no corredor. Não ficou marca nenhuma no assento de couro.

Viajando por um cenário gelado, lavado e pobre, Frank tentou redecorá-lo, pintando mentalmente gigantescos laivos de roxo e Xs de ouro nas encostas, respingando amarelo e verde nos campos secos de trigo. Horas de tentativa e fracasso em recolorir a paisagem do Oeste o deixaram irritado, mas quando desceu do trem estava bem calmo. O barulho da estação, porém, era tão abrasivo que ele procurou uma arma pendurada do ombro. Não havia nenhuma, claro, então ele se apoiou num suporte de aço até o pânico passar.

Uma hora depois estava comendo feijão e passando manteiga no pão de milho. Taylor, o garçom, tinha razão. O Booker não era só um lugar bom e barato para comer, mas a companhia — os clientes, o balconista, as garçonetes e o cozinheiro falante e ruidoso — era convidativa e animada. Trabalhadores e vagabundos, mães e mulheres de rua, todos comiam e bebiam com a tranquilidade de uma família na própria cozinha. Foi essa rápida e caseira receptividade que levou Frank a conversar livremente com o homem no banquinho a seu lado, que disse seu nome sem que ele perguntasse.

"Watson. Billy Watson." Ele estendeu a mão.

"Frank Money."

"Você é de onde, Frank?"

"Ah, rapaz. Coreia, Kentucky, San Diego, Seattle, Geórgia. Escolha você e é de lá que eu sou."

"Está querendo ser daqui também?"

"Não. Estou voltando pra Geórgia."

"Geórgia?", a garçonete exclamou. "Eu tenho parentes em Macon. Nenhuma lembrança boa daquele lugar. A gente se escondeu meio ano numa casa abandonada."

"Se escondeu do quê? Dos lençóis brancos?"

"Não. Do homem do aluguel."

"Mesma coisa."

"Ah, por favor. Era 1938."

O riso percorreu o balcão de cima a baixo, alto e consciente. Alguns começaram a competir com histórias das próprias vidas difíceis nos anos 30.

Eu e meu irmão dormimos num vagão de carga durante um mês.

Indo pra onde?

Indo embora, só isso que a gente sabia.

Já dormiu num galinheiro que nem as galinhas entram?

Ah, rapaz, fica quieto. A gente morou num frigorífico.

E onde ficava o gelo?

A gente comeu.

Ah, vá!

Eu dormi tanto no chão que a primeira vez que vi uma cama achei que era um caixão de defunto.

Você já comeu dente-de-leão?

Na sopa, é gostoso.

Tripa de porco. Agora diz que é coisa fina, mas antes os açougueiros jogavam fora ou davam pra gente.

Pés também. Pescoço. As sobras todas.

Quietos. Estão estragando com o meu negócio.

Quando as histórias e o riso pararam, Frank pegou de novo a lista de Maynard.

"Conhece algum lugar desses aqui? Me disseram que a ACM é o melhor."

Billy olhou os endereços e franziu a testa. "Esqueça", disse. "Venha comigo. Pode ficar na minha casa. Conhecer a minha família. Não pode ir embora agora de noite mesmo."

"Verdade", disse Frank.

"Eu te levo de volta pra estação na hora certa amanhã. Vai tomar ônibus ou trem pro Sul? Ônibus é mais barato."

"Trem, Billy. Tendo condutor, é o jeito que eu gosto de viajar."

"Eles ganham um bom dinheiro. Quatrocentos, quinhentos por mês. Mais as gorjetas."

Foram a pé até a casa de Billy.

"Amanhã de manhã a gente compra um sapato decente pra você", disse Billy. "E quem sabe uma parada na Goodwill, certo?"

Frank riu. Tinha esquecido o quanto estava esfarrapado. Chicago, apoiada pelo vento e por um confiante céu de entardecer, estava cheia de pedestres bem-vestidos andando depressa — como se tivessem de cumprir um horário em algum lugar pelas calçadas, mais largas que qualquer rua de Lotus.

Quando saíram do centro da cidade e entraram no bairro de Billy, a noite estava a caminho.

"Diga oi pra minha mulher, Arlene, e esse aqui é o nosso moleque, Thomas."

Frank achou que Arlene era tão bonita que podia ir para o palco. O penteado volumoso coroava uma testa alta, lisa, acima de olhos castanhos e ferozes.

"Todo mundo quer jantar?", Arlene perguntou.

"Não", Billy disse. "A gente já comeu."

"Bom." Arlene estava se aprontando para seu turno da noite numa fábrica de metal. Beijou o alto da cabeça de Thomas, sentado na cozinha, lendo um livro.

Billy e Frank se curvaram em cima da mesa de centro, afastando os enfeites e abrindo espaço para jogar baralho, conversar e mamar uma cerveja.

"Com que você trabalha?", Frank perguntou.

"No aço", disse Billy. "Mas está em greve agora, então fico na fila da agência e pego o que aparece."

Antes, quando Billy apresentou o filho a Frank, o rapaz ergueu o braço esquerdo para o aperto de mãos. Frank notou o direito pendente do lado do corpo. Agora, embaralhando as cartas, perguntou o que tinha acontecido com o braço do menino. Billy pôs as mãos em posição de rifle. "Polícia passando", disse. "Ele estava com um revólver de espoleta. Oito anos de idade, correndo pra lá e pra cá na calçada, apontando. Algum guardinha branquelo achou que os parceiros não estavam valorizando o pau dele."

"Não pode atirar numa criança", disse Frank.

"A polícia atira em quem quiser. Esta cidade aqui é uma quadrilha. A Arlene ficou meio louca no pronto-socorro. Botaram ela pra fora duas vezes. Mas no fim deu tudo certo. O braço ruim deixa ele longe da rua e dentro da sala de aula. É um gênio na matemática. Ganha concurso por aí tudo. Chove bolsa de estudos."

"Então o guardinha fez um favor pra ele."

"Não. Não, não, não. Jesus que entrou no meio e fez. Ele disse 'Espera aí, seu polícia. Não machuque nem o menor dos meus. Quem machuca o menor dos meus perturba a tranquilidade da minha mente'."

Bonito, Frank pensou. Esse troço da Bíblia funciona quase sempre — menos na zona de combate. "Jesus. Jesus!" Foi isso que Mike disse. Stuff gritou também. "Jesus, Deus Todo-Poderoso, estou fodido, Frank. Jesus, me ajuda."

O gênio da matemática não ligou de dormir no sofá e deixar o amigo novo do pai dormir em sua cama. Frank chegou perto dele no quarto de menino e disse: "Obrigado, rapaz".

"Meu nome é Thomas", o menino disse.

"Ah, tudo bem, Thomas. Diz que você é bom em matemática."

"Sou bom em tudo."

"Tudo o quê?"

"Cívica, geografia, inglês..." A voz dele foi sumindo como se pudesse citar muitas outras disciplinas em que era bom.

"Você vai longe, filho."

"Eu vou é dormir."

Frank riu do descaramento do moleque de onze anos. "Que esporte você pratica?", perguntou, pensando que talvez o menino precisasse de um pouco de humildade. Mas Thomas lhe deu um olhar tão frio que Frank ficou embaraçado. "Quer dizer..."

"Eu sei o que você quer dizer", ele falou, e como contraponto ou reação olhou Frank de alto a baixo e disse: "Você não devia beber".

"Tem razão."

Seguiu-se um breve silêncio enquanto Thomas punha um

cobertor dobrado em cima de um travesseiro e enfiava os dois debaixo do braço morto. Na porta do quarto, virou-se para Frank. "Você foi pra guerra?"

"Fui."

"Matou alguém?"

"Tive que matar."

"Como é que é?"

"Ruim. Ruim mesmo."

"Que bom. Que foi ruim. Fico contente."

"Como assim?"

"Quer dizer que você não é mentiroso."

"Você é inteligente, Thomas", Frank sorriu. "O que você quer ser quando crescer?"

Thomas girou a maçaneta com a mão esquerda e abriu a porta. "Um homem", disse, e saiu.

Acomodado no escuro esculpido pelas bordas de luar das venezianas, Frank esperava que a frágil sobriedade, mantida até agora sem Lily, não fosse submetê-lo àqueles mesmos sonhos. Mas a égua sempre aparecia de noite, nunca batia os cascos à luz do dia. O gosto de *scotch* do trem, duas cervejas algumas horas depois — não tinha tido nenhum problema para se conter. O sono até que veio depressa, com apenas uma imagem de pés com dedos de mão — ou seriam mãos com artelhos? Mas depois de poucas horas de sono sem sonhos, ele despertou para o som de um clique como o apertar de um gatilho disparando uma arma sem munição. Frank sentou-se. Nada se mexeu. Ele viu o vulto do homenzinho, aquele do trem, o chapéu de aba larga inconfundível na moldura de luz da janela. Frank estendeu a mão para o abajur. A luz revelou o mesmo homenzinho de terno azul-claro com ombreiras.

"Ei! Quem é você? O que é que você quer?" Frank levantou da cama e foi até a figura. Depois de três passos, o homem de terno com ombreiras desapareceu.

Frank voltou para a cama, pensando que esse sonho vivo não era nada mau comparado com os outros que tivera. Nenhum cachorro nem ave comendo os restos de seus camaradas, como a alucinação que tivera um dia sentado num banco no jardim de rosas da cidade. Aquele era cômico, de certa forma. Ele tinha ouvido falar desses ternos, mas nunca tinha visto ninguém usando aquilo. Se era um sinal de masculinidade, ele preferia uma tanguinha e tinta branca espalhada artisticamente na testa e nas bochechas. Segurando uma lança, claro. Mas os das ombreiras escolhiam outro costume: ombros largos, chapéus de aba larga, corrente de relógio, calça balão com cinto apertado acima de cintura, quase no peito. Teria sido uma afirmação de moda suficiente para interessar policiais tumultuosos de costa a costa.

Droga! Ele não queria nenhum novo fantasma de sonho como companhia. A menos que fosse um sinal tentando lhe dizer alguma coisa. Seria sobre sua irmã? A carta dizia: "Ela vai morrer". O que queria dizer que estava viva, mas doente, muito doente, e claro que sem ninguém para ajudar. Se quem escreveu a carta, Sarah, não podia ajudar, nem o patrão dela, bom, a irmã devia estar apagando longe de casa. Os pais mortos, um de doença do pulmão, o outro de enfarte. Esqueça os avós, Salem e Lenore. Nenhum dos dois podia viajar, supondo que no mínimo estivessem interessados. Talvez por isso nenhuma bala feita na Rússia havia explodido sua cabeça, enquanto todo mundo próximo a ele tinha morrido por lá. Quem sabe sua vida tivesse sido preservada para Ci, o que era justo, uma vez que ela fora seu primeiro encargo, uma abnegação sem ganho nem lucro emocional. Antes mesmo de ela saber andar, ele é quem tinha cuidado dela. A primeira palavra que ela falou foi "Fwank". Dois dentes de leite dela estavam escondidos na caixa de fósforos da cozinha junto com suas bolinhas de gude da sorte e o relógio quebrado que ele encontrara na margem do rio. Não havia contusão ou corte que Ci sofresse que não fosse ele a cuidar. A única coisa que Frank não conseguiu fazer pela irmã foi eliminar a tristeza, ou seria pânico, dos olhos dela quando ele se alistou. Ele tentou falar para ela que o Exército era a única solução. Lotus o estava sufocando, acabando com ele e com seus dois melhores amigos. Todos concordaram. Frank tinha certeza de que ela ficaria bem.

Não ficou.

Arlene ainda estava dormindo, então Billy preparou o café da manhã para os três.

"Que horas termina o turno dela?"

Billy despejou a massa de panqueca na frigideira quente. "Ela trabalha das onze às sete. Vai levantar logo, mas só encontro com ela de noite."

"Como assim?" Frank estava curioso. As regras e acomodações que as famílias normais faziam eram uma fascinação que não chegava ao nível de inveja.

"Depois que eu levar o Thomas pra escola, vou atrasar pra fila da agência porque você e eu vamos fazer compras. Aí, já vão ter pegado todos os trabalhos melhores. Vamos ver qual sobra que eu pego. Mas primeiro as compras. Você parece..."

"Não diga nada."

Nem precisava. E a mulher da Goodwill também não disse nada. Ela o levou a uma mesa com roupas dobradas e apontou com a cabeça para um cabide de casacos e paletós. A escolha foi rápida. Cada peça estava limpa, passada e organizada por tamanho. Até o cheiro do dono anterior era suave. A loja tinha um provador, onde um mendigo ou um respeitável chefe de família podia trocar de roupa e jogar as velhas num cesto. Devidamente vestido, Frank sentiu orgulho a ponto de tirar a medalha do bolso da calça do Exército e pregar no peito.

"Tudo bem", disse Billy. "Agora, sapatos de gente grande. Thom McAn ou você quer Florsheim?"

"Nenhum dos dois. Não vou num baile. Sapato de trabalho."

"Certo. Você tem dinheiro?"

"Tenho."

A polícia também devia achar que sim, mas durante a revista fortuita na frente da loja de sapatos só apalparam os bolsos, e não dentro das botas de trabalho. Dos outros dois homens de cara para a parede, confiscaram de um o canivete, do outro uma nota de um dólar. Os quatro apoiaram as mãos em cima da capota do carro patrulha parado na sarjeta. O guarda mais novo notou a medalha de Frank.

"Coreia?"

"Sim, senhor."

"Ei, Dick. Eles são veteranos."

"É?"

"É. Olhe." O policial apontou a medalha de bons serviços de Frank.

"Circulando. Suma daqui, rapaz."

O incidente com a polícia não merecia comentários, de forma que Frank e Billy seguiram em silêncio. Depois pararam na barraca de um vendedor de rua para comprar uma carteira.

"Você está de terno agora. Não pode ficar procurando dentro do sapato feito criança cada vez que quiser comprar um chiclete." Billy deu um soco no braço de Frank.

"Quanto?" Billy examinou as carteiras expostas.

"Vinte e cinco centavos."

"O quê? Um pão não custa mais que quinze centavos."

"E daí?" O vendedor encarou o cliente. "Carteira dura mais. Vai levar ou não vai?"

Em seguida à compra, Billy acompanhou Frank até o restaurante Booker, onde se encostaram no vidro da vitrine, apertaram-se as mãos, prometeram se visitar e se separaram.

Frank tomou café e flertou com a balconista de Macon até chegar a hora de embarcar nos trilhos para o Sul que o levariam à Geórgia e a Ci, e sabe-se lá a que mais.

3

Mamãe estava grávida quando a gente saiu de Bandera County, no Texas. Três ou talvez quatro famílias tinham caminhões ou carros e carregaram tudo o que podiam. Mas não esqueça, ninguém podia carregar a terra, as colheitas, o gado. Alguém vai alimentar os porcos ou vão deixar que virem selvagens? E aquele terreno atrás do barracão? Precisa lavrar pro caso de chover. A maioria das famílias, como a minha, andou quase dois quilômetros até o seu Gardener voltar pra pegar mais alguns, depois de deixar o pessoal dele na fronteira do estado. A gente teve que deixar o nosso carrinho de mão cheio de coisas pra se amontoar no carro dele, trocando coisas por velocidade. Mamãe chorava, mas o bebê na barriga dela era mais importante que chaleiras, frascos pra conservas e roupas de cama. Ela se contentou com um cesto de roupas em cima dos joelhos. Papai levou umas poucas ferramentas num saco e os arreios da Stella, a nossa égua que a gente não ia ver nunca mais. Depois que o seu Gardener deixou a gente o mais longe que pôde, nós andamos mais um pouco. A sola do meu sapato batia, até que o papai amarrou ela com o cadarço do sapato dele. Duas vezes, caminhoneiros deixaram a gente pegar carona na carroceria. De cansaço, melhor nem falar. De fome, melhor nem falar. Comi porcaria na cadeia, na Coreia, em hospitais, na mesa e numas latas de lixo. Mas nada se compara com os restos das despensas de comida. Escreva sobre isso, por que você não escreve? Eu me lembro de ficar na fila da Igreja do Redentor, esperando um prato de lata com queijo seco, duro, já meio verde, picles de pé de porco com o vinagre empapando uns biscoitos amanhecidos.

Foi lá que a mamãe ouviu a mulher na frente dela explicar pro voluntário como soletrava e pronunciava o nome dela. Mamãe disse que foi a coisa mais linda e que o som do nome era como música no meio do falatório e do calor da multidão. Semanas depois, quando o bebê dela, nascido num colchão no porão da igreja do reverendo Bailey, acabou sendo uma menina, mamãe chamou de Ycidra, tomando cuidado pra pronunciar as três sílabas. Claro, ela esperou nove dias antes de botar o nome, pra morte não farejar vida nova e comer. Todo mundo, menos mamãe, chamava ela de "Ci". Sempre achei bonito o jeito como ela tinha pensado no nome, como tinha valorizado ele. Comigo não, nenhuma lembrança dessas. Meu nome é Frank por causa do irmão do meu pai. O nome do meu pai é Luther, o da minha mãe é Ida. A parte maluca é o nosso sobrenome. Money. Que a gente não tinha nenhum.

Ninguém sabe o que é calor até atravessar a fronteira do Texas pra Louisiana no verão. Não tem palavras pra descrever.

As árvores desistem. As tartarugas cozinham dentro da carapaça. Descreva isso aí se souber.

4

Uma avó mesquinha é a pior coisa que existe para uma menina. Mães precisam bater e mandar pra você crescer sabendo diferenciar o certo do errado. Avós, mesmo se foram duras com os próprios filhos, são tolerantes e generosas com os netos. Não é mesmo?

Ci saiu da banheira de zinco e deu uns passos gotejantes até a pia. Encheu um balde na torneira, despejou na água morna da banheira e se reclinou dentro dela. Queria ficar descansando na água fresca enquanto a luz macia de uma tarde sofredora estimulava seus pensamentos a se mexer. Remorsos, desculpas, honradez, lembranças falsas e planos futuros se misturavam ou se enfileiravam como soldados. Bom, era assim que os avós deviam ser, ela pensou, mas para a pequena Ycidra Money não era nada assim. Porque mamãe e papai trabalhavam desde antes do amanhecer até de noite, nem sabiam que Miss Lenore punha água em vez de leite no cereal que Ci e o irmão tomavam no café da manhã. Nem que quando estavam com listas e vergões nas pernas tinham sido alertados a mentir, a dizer que ficaram daquele jeito brincando no riacho onde cresciam espinheiros e medronhos. Até mesmo o avô Salem calava. Frank dizia que era porque ele tinha medo de que Miss Lenore largasse dele como as duas primeiras esposas largaram. Lenore, que havia recebido quinhentos dólares de seguro de vida com a morte do primeiro marido, era um bom partido para um homem velho e não empregável. Além disso, Lenore tinha um Ford e casa própria. Ela era tão valiosa para Salem Money que ele não dava nem um pio quando o porco salgado era repartido em dois para eles e as crianças só ficavam com o cheiro. Bem, é, os avós estavam fazendo um grande favor em deixar os parentes sem teto morarem na casa deles depois que a família foi expulsa do Texas. Lenore achava que era um péssimo sinal para o futuro de Ci ela ter nascido durante a viagem. Mulheres decentes, ela dizia, davam à luz em casa, numa cama, assistidas por boas mulheres cristãs que sabiam o que fazer. Embora só mulheres de rua, prostitutas, fossem para hospitais quando ficavam grávidas, pelo menos tinham um teto sobre a cabeça quando chegava o bebê. Nascer na rua — ou na sarjeta, como ela sempre dizia — era prelúdio de uma vida pecaminosa, imprestável.

A casa de Lenore era bem grande para duas, talvez três pessoas, mas não para os avós mais papai, mamãe, tio Frank e duas crianças — uma delas, um bebê chorão. Ao longo dos anos, o desconforto na casa lotada aumentou e Lenore, que se achava superior a todo mundo em Lotus, escolheu focar seu ressentimento na menininha nascida "na rua". Um vinco marcava todos os seus olhares quando a menina entrava, seus lábios viravam para baixo a cada pingo de uma colher, a cada tropeção na soleira da porta, a cada trança solta. Acima de tudo havia o murmúrio de "filha da sarjeta" quando Lenore se afastava depois de um erro da filha da enteada. Durante esses anos, Ci dormia com os pais no chão, num colchonete pouco melhor que o estrado de pinho debaixo dele. Tio Frank usava duas cadeiras encostadas; o jovem Frank dormia na varanda dos fundos, no balanço de madeira, mesmo quando chovia. Os pais, Luther e Ida, tinham dois empregos cada um — Ida colhia algodão ou trabalhava em outras colheitas durante o dia e varria aparas de madeireiras à noite; Luther e o tio Frank trabalhavam como camponeses para dois plantadores em Jeffrey, ali perto, e estavam muito contentes de ter conseguido o emprego que outros homens haviam abandonado. A maior parte dos jovens tinha se alistado na guerra e quando ela acabou não voltaram para trabalhar no algodão, no amendoim ou na madeira. Então, o tio Frank se alistou também. Entrou para a Marinha como cozinheiro e ficou contente porque não tinha que mexer com explosivos. Mas mesmo assim o navio dele afundou e Miss Lenore pendurou a estrela dourada na janela, como se ela, e não uma das ex-esposas de Salem, fosse a mãe honrada e patriótica que tinha perdido um filho. O trabalho de Ida na madeireira a deixava com uma asma mortal, mas compensava porque no fim daqueles três anos com Lenore puderam alugar uma casinha do Velho Shepherd, que vinha de Jeffrey todo sábado de manhã para receber o dinheiro.

Ci se lembrava do alívio e orgulho que eles todos tinham por possuírem um jardim e suas próprias galinhas poedeiras. Os Money tinham o bastante para se sentir em casa naquele lugar onde os vizinhos podiam finalmente oferecer amizade em vez de pena. Todo mundo no bairro, menos Lenore, era severo, mas mão-aberta. Se alguém tinha uma abundância de pimentões ou couve, insistia com Ida para aceitar. Havia quiabo, peixe fresco do riacho, um alqueire de milho, todo tipo de comida que não podia ser desperdiçada. Uma mulher mandou o marido para escorar os degraus tortos da varanda. Eram generosos com estranhos. Um forasteiro que passava era bem recebido — mesmo, ou principalmente, se estivesse fugindo da lei. Como aquele homem, ensanguentado e com cicatrizes, que eles lavaram, alimentaram e levaram embora em cima de uma mula. Era bom ter a própria casa onde podiam aceitar que o sr. Haywood os pusesse na lista mensal de pessoas que precisavam de suprimentos do armazém geral em Jeffrey. Às vezes, ele trazia revistas em quadrinhos, goma de mascar e balas de hortelã grátis para as crianças. Jeffrey tinha calçadas, água corrente, lojas, um correio, um banco e uma escola. Lotus era isolada, sem calçadas nem encanamento nas casas, apenas cinquenta e poucas moradias e duas igrejas, uma das quais as beatas usavam para ensinar leitura e aritmética. Ci achava que seria melhor se houvesse mais livros para ler — não apenas as *Fábulas de Esopo* e um livro de passagens da Bíblia para crianças — e muito, muito melhor se ela pudesse frequentar a escola em Jeffrey.

Essa, ela achava, era a razão de ter fugido com um rato. Se não fosse tão ignorante, vivendo num lugar insignificante, que nem era uma cidade, só com obrigações, igreja-escola e nada para fazer, ela seria mais esperta. Vigiada, vigiada, vigiada por todos os adultos do nascer ao pôr do sol e recebendo ordens não apenas de Lenore, mas de todos os adultos do lugar. Venha cá, menina, ninguém te ensinou a costurar? Sim, senhora. Então por que a barra da sua roupa está pendurada desse jeito? Sim, senhora. Quer dizer, não, senhora. Isso aí é batom na sua boca? Não, senhora. O que é então? Cereja, dona, quer dizer, amora. Eu comi umas. Cereja coisa nenhuma. Limpe essa boca. Desça dessa árvore, está ouvindo? Amarre o sapato, largue essa boneca de trapo e pegue a vassoura descruze as pernas vá tirar as ervas daninhas daquele jardim endireite as costas não me responda. Quando Ci e algumas outras meninas completaram catorze anos e começaram a falar de rapazes, ela foi impedida de qualquer flerte de verdade pelo irmão mais velho, Frank. Os rapazes sabiam que ela era intocável por causa dele. Foi por isso que, quando Frank e seus dois melhores amigos se alistaram e foram embora da cidade, ela ficou caída por aquilo que Lenore chamou de a primeira coisa que ela viu usando calça de cinto em vez de macacão.

O nome dele era Principal, mas ele chamava a si mesmo de Prince. Visitante de Atlanta à casa da tia, era uma cara nova e bonita com sapatos brilhantes de sola fina. Todas as meninas ficaram impressionadas com seu sotaque de cidade grande e o que acreditavam ser seu grande conhecimento e vasta experiência. Ci mais que todas.

Agora, jogando água nos ombros, ela se perguntava pela enésima vez por que não havia ao menos perguntado à tia que ele estava visitando por que ele tinha sido mandado para o sertão em vez de passar o inverno na cidade grande e hostil. Mas sentindo-se desorientada no espaço onde antes havia seu irmão, estava indefesa. Esse é o outro lado, ela pensou, de ter um irmão esperto e durão a seu lado, para cuidar de você e te proteger — você fica lenta para desenvolver a própria musculatura cerebral. Além disso, Prince amava a si mesmo tão profundamente, tão completamente, que era impossível duvidar de sua convicção. Então se Prince disse que ela era bonita, ela acreditou. Se ele disse que aos catorze anos Ci já era uma mulher, ela acreditou também. E se ele disse, quero você para mim, foi Lenore quem disse "Não enquanto não for legalizado". Seja lá o que quisesse dizer "legalizado". Ycidra não tinha certidão de nascimento e o tribunal ficava a centenas de quilômetros. De forma que fizeram o reverendo Alsop vir, abençoar os dois e escrever seus nomes num livro imenso, antes de voltarem para a casa dos pais dela. Frank tinha se alistado, de forma que dormiam na cama dele, onde se deu a grande coisa sobre a qual as pessoas a alertavam ou riam. Não foi tão dolorido, foi chato. Ci achou que depois ia ficar melhor. Melhor acabou sendo simplesmente mais e, enquanto a quantidade aumentava, o prazer continuava em sua brevidade.

Não havia empregos em ou ao redor de Lotus que Prince pudesse se permitir aceitar, então ele a levou para Atlanta. Ci almejava uma vida brilhante na cidade, onde — depois de poucas semanas de água jorrando com um giro da torneira, dentro de banheiros sem moscas, luzes na rua brilhando mais tempo que o sol e lindas como vagalumes, mulheres de saltos altos e chapéus fantásticos trotando para a igreja duas, às vezes três vezes por dia, e em seguida à grata alegria e ao estonteante prazer do lindo vestido que Prince comprou para ela — entendeu que Principal havia se casado com ela em troca de um automóvel.

Lenore havia comprado uma perua usada de Shepherd, o locador e, como Salem não sabia dirigir, ela deu o velho Ford para Luther e Ida — com a condição de que eles o devolvessem se a perua quebrasse. Umas poucas vezes, Luther deixara Prince usar o Ford em algumas tarefas: idas ao correio de Jeffrey para pegar correspondência vinda ou enviada para onde quer que Frank estivesse aquartelado, primeiro em Kentucky, depois na Coreia. Uma vez, ele foi à cidade comprar remédio de garganta para Ida quando ela piorou dos problemas respiratórios. Seu fácil acesso ao Ford era conveniente a todo mundo porque Prince lavava a poeira eterna da estrada que o empoava, trocava as peças e o óleo, e nunca dava carona aos rapazes que imploravam para ir com ele no carro. Foi natural Luther concordar que o casal fosse de carro para Atlanta, contanto que prometessem voltar em poucas semanas.

Isso nunca aconteceu.

Ela estava totalmente sozinha agora, sentada na banheira de zinco num domingo, enfrentando o calor da versão de primavera da Geórgia com a água fresca, enquanto Prince circulava com os sapatos de sola fina apertando o acelerador na Califórnia ou em Nova York, pelo que ela sabia. Quando Prince a deixou por sua própria conta, Ci alugou um quarto mais barato numa rua sossegada, um quarto com facilidades de cozinha e uso de uma banheira. Thelma, que morava num apartamento grande no andar de cima, ficou sua amiga e ajudou a arrumar para ela um emprego de lavadora de pratos na Costelaria Bobby, fundindo a amizade com conselhos duros.

"Ninguém é mais bobo que um bobo do interior. Por que você não volta pra sua gente?"

"Sem o carro?" Meu Deus, Ci pensou. Lenore já havia ameaçado mandar prendê-la. Quando Ida morreu, Ci viajou de carro para o funeral. Bobby permitira que seu encarregado da fritura a levasse. Por mais lamentável que fosse o funeral — caixão de pinho feito em casa, sem flores, a não ser dois ramos de madressilva que Ci havia colhido —, nada mais doloroso que as acusações e os nomes que Lenore pronunciara. Ladra, boba, sirigaita; ela devia chamar o xerife. Quando Ci voltou para a cidade, jurou que nunca mais punha os pés lá. Promessa que manteve, mesmo quando o pai morreu de enfarte um mês depois.

Ycidra concordava com Thelma sobre ser boba, mas queria desesperadamente, acima de tudo, falar com o irmão. Suas cartas para ele eram sobre o tempo e as fofocas de Lotus. Indiretas. Mas ela sabia que se pudesse encontrar com ele, contar tudo, ele não teria dado risada dela, nem brigado, nem condenado. Iria, como sempre, protegê-la de uma situação ruim. Como aquela vez em que ele, Mike, Stuff e uns outros rapazes estavam jogando *softball* num campo. Ci ficara sentada perto dali, encostada numa nogueira branca. O jogo dos rapazes a entediava. Ela olhava os jogadores intermitentemente, concentrada no esmalte vermelho que estava tirando das unhas, com a esperança de remover tudo antes que Lenore a repreendesse por se "exibir" como uma pequena sirigaita. Ela só ergueu os olhos e viu Frank deixando a quadra com seu bastão porque os outros gritaram: "Onde você está indo, rapaz?", "Ei, ei. Vai sair?". Ele atravessou o campo devagar e desapareceu entre as árvores que o rodeavam. Circundavam, ela aprendeu depois. De repente, apareceu atrás da árvore onde ela estava encostada e bateu duas vezes com o bastão nas pernas de um homem que Ci nem havia notado, às suas costas. Depois todos saíram correndo, Frank arrastando-a pelo braço — sem nem olhar para trás. Ela estava curiosa: "O que aconteceu? Quem era aquele?". Os rapazes não responderam. Simplesmente murmuraram palavrões. Horas depois, Frank explicou. O homem não era de Lotus, ele disse, e estava escondido atrás da árvore se exibindo para ela. Quando ela pressionou o irmão para que definisse "exibir" e ele explicou, Ci começou a tremer. Frank pôs uma mão no alto de sua cabeça, a outra em sua nuca. Os dedos dele, como um bálsamo, fizeram cessar o tremor e o arrepio que o acompanhou. Ela sempre seguia os conselhos de Frank: reconhecia frutas venenosas, gritava quando em território de cobras, aprendeu os usos medicinais das teias de aranha. As instruções dele eram específicas; seus alertas, claros.

Mas ele nunca a alertou contra ratos.

Quatro andorinhas de terreiro se juntaram no gramado lá fora. Polidamente equidistantes uma da outra, buscavam com os bicos entre as folhas de grama seca. Então, como se convocadas, todas voaram para uma árvore de nogueira-pecã. Enrolada numa toalha, Ci foi à janela e abriu-a só até o ponto onde a tela estava rasgada. O silêncio pareceu deslizar, então explodiu, seu peso mais teatral que ruidoso. Era como o silêncio da casa de Lotus à tarde e à noite, quando ela e o irmão resolviam o que fazer ou conversavam. Seus pais trabalhavam dezesseis horas por dia e quase nunca estavam lá. Então eles inventavam escapadas ou investigavam o território em torno. Muitas vezes sentavam-se junto ao riacho, encostados num loureiro explodindo de luz cuja copa havia sido queimada, deixando dois imensos galhos abertos como braços. Mesmo quando Frank estava com seus amigos Mike e Stuff, ele deixava que Ci ficasse por perto. Os quatro eram unidos, como uma família deve ser. Ela se lembrou como eram raras as visitas circunstanciais e não bem-vindas à casa de seus avós, a menos que Lenore precisasse deles para fazer algum trabalho. Salem não era uma fonte de inspiração, pois calava a respeito de tudo, exceto quando se tratava de suas refeições. Seu único entusiasmo, além de comida, era jogar cartas ou xadrez com algum outro velho. Os pais deles estavam tão acabados quando voltavam do trabalho que qualquer afeto que demonstrassem era como uma navalha — cortante, breve e fino. Lenore era a bruxa má. Frank e Ci, como João e Maria esquecidos, davam-se as mãos ao navegar pelo silêncio e tentavam imaginar o futuro.

Parada à janela, enrolada na toalha áspera, Ci sentiu o coração se partindo. Se Frank estivesse ali, ele iria mais uma vez tocar sua cabeça com quatro dedos ou acariciar sua nuca com o polegar. Não chore, diziam os dedos; os vergões vão desaparecer. Não chore; mamãe está cansada; não quis dizer aquilo. Não chore, não chore, menina; estou aqui. Mas ele não estava ali nem em lugar algum por perto. Na fotografia que havia mandado para casa, um guerreiro sorridente fardado segurando um rifle, ele parecia fazer parte de alguma outra coisa, alguma coisa além e diferente da Geórgia. Meses depois de ter sido dispensado, mandou um cartão-postal de dois centavos para contar onde estava morando. Ci respondeu:

"Oi irmão como vai você eu estou boa. Acabei de arrumar para mim um emprego ok num restaurante mas estou procurando outro melhor. Escreva quando puder Sinceramente Sua irmã."

Agora estava parada, sozinha; o corpo já eliminando qualquer bem que o banho na banheira fizera, começando a suar. Ela enxugou a umidade debaixo dos seios, depois a transpiração da testa. Subiu a janela acima do rasgo na tela. As andorinhas tinham voltado, trazendo com elas uma brisa leve e o cheiro da sálvia que crescia na borda do quintal. Ci ficou olhando, pensando, então é isso que querem dizer naquelas músicas doces, tristes. "Quando perdi minha garota, quase enlouqueci..." Só que aquelas músicas eram sobre amor perdido. O que ela sentia era maior que aquilo. Ela estava partida. Não partida, mas quebrada, quebrada em pedaços separados.

Refrescada, por fim, ela tirou do cabide o vestido que Principal lhe dera no segundo dia em Atlanta — não por generosidade, como ela descobriu depois, mas porque ele tinha vergonha de suas roupas provincianas. Não podia levá-la para jantar, nem a uma festa, nem para conhecer sua família com aquele vestido feio que ela usava, ele disse. No entanto, depois de comprar o vestido novo, ele usava desculpa em cima de desculpa para passarem a maior parte do tempo só rodando de carro, até comendo no Ford, mas sem nunca encontrar nenhum amigo nem familiar dele.

"Onde está a sua tia? A gente não devia fazer uma visita pra ela?"

"Não. Ela não gosta de mim e eu também não gosto dela."

"Mas se não fosse por ela a gente nunca ia ter se encontrado."

"É. Verdade."

Mesmo assim, embora ninguém visse, o toque sedoso do raiom do vestido ainda lhe era agradável, assim como a confusão de dálias azuis sobre o fundo branco. Ela nunca tinha usado um vestido estampado com flores. Depois que se vestiu, Ci arrastou a banheira pela cozinha, até a porta dos fundos. Devagar, racionou a água em cima da grama murcha, meio balde aqui, um pouco mais ali, tomando cuidado para não molhar nem os pés nem o vestido.

Mosquitinhos zuniam em cima de uma tigela de uvas roxas sobre a mesa da cozinha. Ci espantou-os com a mão, lavou as frutas e sentou-se para comê-las, enquanto pensava em sua situação: amanhã era segunda-feira; tinha quatro dólares, o aluguel que vencia no fim de semana era o dobro disso. Na próxima sexta, ia receber dezoito dólares, e um pouco mais que três dólares por um dia. De forma que, entrando os dezoito dólares, menos os oito que iam embora, ela ficaria com cerca de catorze dólares. Com isso, ia ter de comprar tudo que uma moça precisa para estar apresentável, se manter e progredir no trabalho. Sua esperança era mudar de lavadora de pratos para cozinheira de pratos rápidos e talvez garçonete que ganhava gorjetas. Tinha saído de Lotus sem nada e, a não ser pelo vestido novo, Prince a deixara sem nada. Precisava de sabonete, roupa de baixo, escova de dentes, pasta de dentes, desodorante, outro vestido, sapatos, meias, um casaco, paninhos higiênicos, e talvez o suficiente para um cinema de quinze centavos no balcão. Felizmente, no Bobby ela podia fazer duas refeições grátis. Solução: mais trabalho — um segundo emprego ou outro melhor.

Para isso, precisava falar com Thelma, sua vizinha de cima. Depois de bater timidamente, Ci abriu a porta e encontrou a amiga lavando pratos na pia.

"Eu vi você lá. Acha que jogar água suja vai deixar aquele quintal mais verde?", Thelma perguntou.

"Mal não faz."

"Pode fazer, sim." Thelma enxugou as mãos. "É o verão mais quente que eu já vi. Os pernilongos vão fazer a dança de sangue a noite inteira. Pra eles, basta um cheiro de água."

"Sinto muito."

"Não duvido." Thelma bateu a mão no bolso do avental para pegar um maço de Camels. Acendeu um cigarro, olhou para a amiga. "Esse vestido é lindo. Onde arrumou?" As duas foram para a sala e se deixaram cair no sofá.

"O Prince comprou pra mim quando a gente chegou aqui."

"Prince", Thelma deu uma bufada. "Você quer dizer sapo. Nunca vi nenhum conde conduzindo caminhão. Nunca vi ninguém mais inútil que ele. Pelo menos sabe onde ele está?"

"Não."

"Quer saber?"

"Não."

"Graças a Deus por isso."

"Preciso de um emprego, Thelma."

"Você já tem emprego. Não me diga que saiu do Bobby?"

"Não. Mas preciso de coisa melhor. Que pague melhor. Não ganho gorjeta e tenho que comer no restaurante, queira ou não queira."

"A comida do Bobby é a melhor que tem. Não vai comer melhor em lugar nenhum."

"Eu sei, mas preciso de um emprego de verdade pra poder economizar. E não, não vou voltar pra Lotus."

"Não te censuro por isso. A sua família é louca de pedra." Thelma se reclinou no sofá e fez um tubo com a língua para soltar a fumaça.

Ci odiava quando ela fazia isso, mas escondeu sua repulsa. "Mesquinhos talvez. Não loucos."

"Ah, é? Te botaram o nome de Ycidra, não botaram?"

"Thelma?" Ci apoiou os cotovelos nos joelhos e voltou os olhos súplices para a amiga. "Por favor? Pense no que eu disse."

"Tudo bem. Tudo bem. Olhe, pra falar a verdade, você pode estar com sorte. Acontece que ouvi falar de uma coisa faz umas semanas, quando estava na Reba. Tudo que a gente precisa saber fica sabendo no salão de beleza dela. Sabia que a mulher do reverendo Smith está grávida de novo? Onze já na vida e mais um chegando. Sei que um pregador também é homem, mas minha nossa. Ele devia ficar rezando de noite em vez de..."

"Thelma, falando sério, o que você sabe de outro emprego?"

"Ah. É aquele casal lá em Buckhead, saindo da cidade, a Reba disse que eles estão precisando de mais uma."

"Mais uma o quê?"

"Eles têm uma cozinheira-arrumadeira, mas querem uma pessoa pra ajudar o marido. Ele é médico. Gente boa."

"Como assim? Enfermeira?"

"Não. Ajudante. Não sei. Curativo e iodo, acho. Ele tem consultório em casa, a mulher falou. Então você pode morar lá. Ela disse que o salário não é lá essas coisas, mas como não tem que pagar aluguel, isso faz toda a diferença."

A caminhada do ponto de ônibus foi longa, dificultada pelo sapato novo de Ci, branco, de salto alto. Sem meias, seus pés estavam ficando esfolados. Ela levava uma sacola de compras transbordando com o pouco que possuía e esperava parecer respeitável naquele bairro bonito, sossegado. O endereço do dr. e da sra. Scott revelou-se uma casa grande de dois andares que se projetava sobre um gramado que parecia de igreja. Um nome numa placa, com uma parte que ela não conseguia pronunciar, identificava seu futuro empregador. Ci não sabia bem se devia bater na porta da frente ou procurar a dos fundos. Escolheu a última. Uma mulher alta, corpulenta, abriu a porta da cozinha. Estendeu a mão para pegar a sacola de Ci e sorriu. "Você deve ser a moça que a Reba falou. Vamos entrando. Meu nome é Sarah. Sarah Williams. A esposa do doutor já vai falar com você."

"Muito obrigada, dona. Posso tirar este sapato primeiro?"

Sarah riu. "Quem inventou salto alto não vai sossegar enquanto não aleijar a gente. Sente. Vou te dar um refresco de sassafrás."

Descalça, Ci se deslumbrou com a cozinha — muito, muito maior e mais bem equipada que a do Bobby. Mais limpa também. Depois de uns goles de refresco, ela perguntou: "Sabe me dizer o que eu vou ter que fazer?".

"A d. Scott vai dizer alguma coisa, mas é o doutor mesmo o único que sabe."

Depois de se lavar um pouco no banheiro, Ci calçou o sapato de novo e acompanhou Sarah a uma sala de estar que lhe pareceu mais bonita que um cinema. Ar fresco, sofás de veludo cor de ameixa, luz filtrada por cortinas pesadas de renda. A sra. Scott, as mãos pousadas numa almofadinha, os tornozelos cruzados, acenou com a cabeça e com o indicador convidou Ci a sentar.

"Ci, não é?" A voz dela parecia música.

"Sim, senhora."

"Nasceu aqui? Em Atlanta?"

"Não, senhora. Sou de um lugarzinho pra oeste daqui, chamado Lotus."

"Filhos?"

"Não, senhora."

"Casada?"

"Não, senhora."

"Qual a sua religião? Se tem alguma."

"Tem a Congregação de Deus em Lotus, mas eu não..."

"Eles ficam pulando?"

"Como?"

"Nada, não. Você fez ensino médio?"

"Não, senhora."

"Sabe ler?"

"Sim, senhora."

"Fazer contas?"

"Ah, sei, sim. Até trabalhei no caixa uma vez."

"Meu bem, não foi o que eu perguntei."

"Sei fazer conta, sim, senhora."

"Talvez não precise fazer. Não entendo direito o trabalho do meu marido, e nem quero. Ele é mais que um médico; é um cientista e faz experimentos muito importantes. As invenções dele ajudam as pessoas. Não é nenhum dr. Frankenstein."

"Doutor quem?"

"Nada, não. Basta você fazer o que ele mandar do jeito que ele quiser e vai se dar bem. Agora vá. A Sarah vai mostrar o seu quarto."

A sra. Scott se levantou. O vestido dela era uma espécie de camisola — seda branca até o chão com mangas largas. Para Ci, ela parecia em tudo uma rainha saída de algum filme.

* * *

De volta à cozinha, Ci viu que sua sacola de compras havia sido removida e Sarah insistiu com ela para comer alguma coisa antes de se instalar. Ela abriu a geladeira e escolheu uma tigela de salada de batata e duas coxas de frango fritas.

"Quer que eu esquente o frango?"

"Não, senhora. Eu gosto assim mesmo."

"Sei que eu sou velha, mas por favor me chame de Sarah."

"Tudo bem, se você prefere."

Ci ficou surpresa com a própria fome. Era adepta de comidas leves, e, cercada de carne vermelha chiando na cozinha do Bobby, ela em geral ficava indiferente à comida. Agora, se perguntava se dois pedaços de frango podiam sequer começar a aplacar seu apetite.

"Como foi o encontro com a d. Scott?", Sarah perguntou.

"Bem", Ci respondeu. "Ela é boa. Boa mesmo."

"A-hã. E é fácil trabalhar pra ela. Tem um horário, tem uns gostos e exigências... não muda nunca. O dr. Beau — é assim que todo mundo chama ele — é muito cavalheiro."

"Dr. Beau?"

"O nome completo dele é Beauregard Scott."

Ah, pensou Ci, era assim que se pronunciava o nome na placa do gramado. "Eles têm algum filho?"

"Duas meninas. Estão fora. Ela falou alguma coisa do que vai ser o seu trabalho aqui?"

"Não. Disse que o doutor ia fazer isso. Ele é cientista além de médico, ela falou."

"Verdade. Ela que tem dinheiro, mas ele inventa coisas. Tenta conseguir uma porção de patentes."

"Pacientes?" Ci estava com a boca cheia de salada de batata. "Não tem muitos, não?"

"Não, menina. Um tipo de licença pra fabricar as coisas. Do governo."

"Ah. Tem mais um pouco de frango, por favor? Está muito bom mesmo."

"Claro, meu bem." Sarah sorriu. "Vou deixar você bem gordinha se trabalhar bastante tempo aqui."

"Teve outras ajudantes trabalhando aqui? Foram demitidas?" Ci parecia ansiosa.

"Bom, algumas pediram pra sair. Só me lembro de um que foi demitido."

"Por quê?"

"Nunca descobri qual foi o problema. Ele parecia bem bom. Bem novinho e mais simpático que a maioria. Sei que ele discutiu sobre alguma coisa e o dr. Beau falou que não queria saber de simpatizante* na casa dele."

"Simpático? Com o quê?"

"Simpatizante. Não tem nada a ver com simpático. Eu sei lá. Alguma coisa perigosa, eu acho. O dr. Beau é um confederado de peso. O bisavô dele era um herói de verdade que morreu em alguma batalha famosa lá no Norte. Olhe o guardanapo."

"Obrigada." Ci limpou os dedos. "Ah, estou me sentindo muito melhor agora. Me diga, quanto tempo faz que você trabalha aqui?"

"Desde que eu tinha quinze anos. Deixe eu te mostrar o seu quarto. Fica lá embaixo e não é grande coisa, mas pra dormir está muito bom. Tem um colchão de rainha."

Lá embaixo queria dizer só um pouquinho abaixo da varanda da frente — mais uma extensão rasa da casa que um

* "*Fellow traveller*" no original, "companheiro de viagem": simpatizante de comunistas.

porão de verdade. No fim de um corredor, não longe da sala do doutor, ficava o quarto de Ci, imaculado, estreito e sem janelas. Mais adiante, havia uma porta trancada que levava ao que Sarah disse ser um abrigo antibombas, com estoque completo. Ela havia deixado a sacola de Ci no chão. Dois uniformes lindamente engomados saudaram dos cabides na parede.

"Espere até amanhã e vista um", disse Sarah, ajustando a gola perfeita que era obra sua.

"Aaaah, que lindo. Olhe, uma escrivaninha." Ci apreciou a cabeceira da cama, depois tocou-a com um sorriso. Esfregou os pés no tapetinho ao lado da cama. Então, depois de espiar atrás de um biombo para ver a privada e a pia, atirou-se na cama, se deliciando com a espessura do colchão. Quando afastou os lençóis, riu da cobertura sedosa. Então, Lenore, ela pensou. Em cima do que você dorme, naquela sua cama quebrada? Ao lembrar do colchão fino, encaroçado em que Lenore dormia, ela não conseguiu deixar de rir com uma alegria louca.

"Shh, menina. Que bom que gostou, mas não ria tão alto. Não gostam disso aqui."

"Por que não?"

"Depois eu conto."

"Não. Conte agora, Sarah, por favor."

"Bom, lembra das filhas que eu falei que não moram aqui? Elas estão numa clínica. As duas têm cabeça grande. Cefalite, acho que chama. Triste acontecer uma coisa dessas com uma, mas duas? Misericórdia."

"Ah, meu Deus. Que desgraça", disse Ci, pensando: Acho que por isso que ele inventa coisas — quer ajudar os outros.

Na manhã seguinte, parada na frente de seu empregador, Ci o achou formal, mas receptivo. Um homem pequeno com bastante cabelo grisalho, o dr. Beau estava sentado rígido atrás de uma mesa imensa, bem arrumada. A primeira pergunta que ele fez foi se ela tinha filhos ou se já estivera com um homem. Ci disse que havia sido casada durante um tempo, mas não tinha engravidado. Ele pareceu contente de ouvir isso. Os deveres dela, disse, eram primordialmente limpar os instrumentos e equipamentos, arrumar e manter um horário com os nomes dos pacientes, a hora das consultas e assim por diante. Ele fazia sua própria contabilidade, que era separada da sala de exames/laboratório.

"Esteja aqui pontualmente às dez da manhã", ele disse, "e pronta para trabalhar até tarde se a situação exigir. Além disso, se prepare para a realidade da medicina: às vezes sangue, às vezes dor. Vai ter de ser firme e calma. Sempre. Se conseguir, vai se dar muito bem. É capaz disso?"

"Sou, sim, senhor. Sou capaz. Claro que sou."

E foi. A admiração dela pelo doutor cresceu ainda mais quando notou quanta gente pobre — mulheres e meninas, sobretudo — ele ajudava. Muito mais que os abastados da vizinhança ou de Atlanta mesmo. Ele era extremamente cuidadoso com os pacientes, meticuloso na observância da privacidade deles, a não ser quando convidava outro médico para ajudá-lo com algum paciente. Quando todo o seu cuidado e dedicação não davam resultado e uma paciente piorava muito, ele a mandava para um hospital de caridade em Atlanta. Quando uma ou duas morreram apesar de seus cuidados, ele doou dinheiro para as despesas do funeral. Ci adorava o trabalho: a casa bonita, o médico atencioso, e o salário — nunca atrasado nem descontado como era às vezes no Bobby. Ela nunca via a sra. Scott. Sarah, que cuidava de todas as necessidades dela, dizia que a dama da casa não saía nunca e tinha uma quedinha por láudano. A esposa do doutor passava grande parte do tempo pintando flores em aquarela ou assistindo à televisão. *Milton Berle* e *The Honeymooners* eram seus favoritos. Ela havia flertado com *I Love Lucy*, mas detestava Ricky Ricardo demais para assistir ao programa.

Um dia, umas duas semanas depois de começar o trabalho, Ci entrou na sala do dr. Beau cerca de meia hora antes de ele chegar. Estava assombrada com as estantes lotadas. Então examinou de perto os livros médicos, passando o dedo por alguns títulos: *Do fundo da noite*. Devia ser uma história de mistério, pensou. *A transição da grande raça* e, ao lado dele, *Herança, raça e sociedade*.

Como seus estudos tinham sido pequenos, inúteis, ela pensou, e prometeu a si mesma que ia encontrar tempo para ler e entender "eugenia". Aquele lugar era bom, seguro, ela tinha certeza, e Sarah havia se tornado sua família, sua amiga e sua confidente. Elas comiam juntas todas as refeições e às vezes cozinhavam juntas. Quando estava muito calor na cozinha, comiam no quintal debaixo de um toldo, com o perfume dos últimos lilases, olhando lagartixas que passavam pelo caminho.

"Vamos pra dentro", disse Sarah, numa tarde muito quente daquela primeira semana. "Essas moscas estão ruins demais hoje. Além disso, tem uns melões que a gente precisa comer antes que fiquem moles."

Na cozinha, Sarah tirou três melões de dentro de uma cesta de madeira. Acariciou um devagar, depois outro. "Machos", rosnou.

Ci ergueu o terceiro, alisou a casca amarelo-limão e enfiou o indicador numa pequena depressão na base do caule. "Fêmea", riu. "Este é fêmea."

"Bom, aleluia", Sarah acompanhou o riso de Ci com uma risada baixa de garganta. "Sempre mais doce."

"Sempre mais suculento", Ci completou.

"Ninguém mais gostosa que uma garota."

"Ninguém mais doce que uma garota."

Sarah tirou da gaveta uma faca comprida e afiada e, com uma intensa expectativa do prazer que viria, cortou a garota em duas.

5

As mulheres ficam loucas pra falar comigo quando ouvem o meu sobrenome: Money? Dão uma risadinha e fazem a mesma pergunta: se alguém me deu esse nome, e quem foi. Se eu que inventei pra me fazer de importante ou se eu sou jogador, ladrão ou algum trapaceiro de quem é melhor elas se cuidarem. Quando conto o meu apelido, como o pessoal lá em casa me chama, Smart Money, elas rolam de rir e dizem: não existe dinheiro burro, só gente burra. Tem mais aí? Você deve estar com o meu. Depois disso, a conversa fiada não tem mais fim. É o que basta pra continuar uma amizade depois que ele secou, já que elas podem continuar fazendo piadas capengas: Ei, Smart Money, me dá algum. Money, vem cá. Tenho um negócio que você vai adorar.

Pra falar a verdade, antes da sorte que eu tive lá em Lotus e de umas meninas de rua em Kentucky, eu só tinha tido duas mulheres. Gostava daquela coisinha quebrável dentro de cada uma delas. De qualquer personalidade, inteligência ou aparência, tem sempre uma coisa macia dentro de cada uma delas. Como o ossinho da sorte de uma ave, com aquela forma e feito pra gente fazer um pedido. Um

V pequeno, mais fino que osso e articulado de leve, que eu podia quebrar com um dedo se quisesse, mas nunca quebrei. Só queria. Bastava saber que estava lá, escondido de mim.

Foi a terceira mulher que mudou tudo. Na companhia dela, aquele V pequeno do ossinho da sorte foi morar no meu peito e ficou à vontade. Era o dedo dela que me segurava. Foi numa lavanderia que a gente se conheceu. Fim de outono, era, mas naquela cidade que o mar lambia, quem é que notava isso? Sóbrio como a luz do sol, entreguei pra ela meu negócio do Exército e não conseguia tirar os olhos dela. Devo ter parecido um bobo, mas não senti isso. Senti que tinha voltado pra casa. Finalmente. Eu estava perdido. Não era um sem-teto, mas quase. Bebia e ficava nos bares de música da rua Jackson, dormia em sofás de parceiros de copo ou na rua, apostava os meus quarenta e três dólares de soldo do Exército em jogo de dados ou salão de apostas. E quando acabava, eu pegava uns trabalhos por dia até chegar o próximo cheque. Sabia que precisava de ajuda, mas não tinha. Sem nenhuma ordem do Exército para obedecer ou de que reclamar, acabei na rua sem ordem nenhuma.

Me lembro muito bem por que eu não tomava nem um drinque fazia quatro dias e precisava lavar a seco minha roupa. Era porque naquela manhã eu tinha ido até a ponte. Tinha lá uma multidão junto com uma ambulância. Quando eu cheguei mais perto, vi os braços de um paramédico segurando uma menininha que vomitava água. Estava saindo sangue do nariz dela. Me deu uma tristeza que parecia que eu tinha sido atropelado por uma empilhadeira. Meu estômago revirou e só a ideia de um uísque me dava vontade de vomitar. Saí correndo, tremendo, aí passei umas noites nos bancos de um parque até a polícia me botar pra correr. No quarto dia, quando vi o meu reflexo numa vitrine, achei que era outra pessoa. Um sujeito sujo, lamentável. Parecia o eu de um sonho que eu tinha sempre, que estava no campo de batalha sozinho. Ninguém em lugar nenhum. Silêncio pra todo lado. Eu andava e não encontrava ninguém. Na-

quela hora eu resolvi me limpar. Pro inferno com o sonho. Eu precisava fazer os meninos de casa ficarem orgulhosos. Ser alguma coisa mais que um bêbado perturbado, meio louco. Então quando vi aquela mulher na lavanderia, eu estava todo aberto pra ela. Se não fosse aquela carta, eu ainda estaria pendurado no avental dela. Na minha cabeça, ninguém se igualava com ela a não ser os cavalos, um pé de homem e a Ycidra tremendo debaixo do meu braço.

Você está absolutamente errada se acha que eu só estava a fim de uma casa com uma tigela de sexo. Não estava. Alguma coisa nela me jogou no chão, me fez querer estar à altura dela. É tão difícil assim de entender? Antes você escreveu sobre a certeza que eu tinha de que, quando voltasse pra casa, o homem espancado no trem pra Chicago ia bater na mulher que tentou ajudar ele. Não é verdade. Não pensei em nada disso. O que eu pensei foi que ele estava orgulhoso da mulher, mas não queria mostrar o orgulho dele pros outros homens do trem. Acho que você não entende muito de amor.

Ou eu.

6

Os atores eram muito melhores que as atrizes. Pelo menos a chamavam pelo nome e não ligavam se o figurino não servia direito ou tinha manchas de maquiagem velha. As mulheres a chamavam de "menina", como na frase "Cadê a menina?" ou "Me diga onde está o pote de creme Pond's, menina". E tinham acessos de raiva quando o cabelo ou a peruca não obedeciam.

Mas o ressentimento de Lily não era grande, porque costureira/camareira era um cargo mais vantajoso que faxineira, e ela podia exibir a habilidade na costura que a mãe havia lhe ensinado: ponto invisível, caseado, ponto corrente, viés, ioiô, canelado e cheio. Além disso, Ray Stone, o diretor, era educado com ela. Ele produzia duas, às vezes três peças por temporada no Skylight Studio e dava aula de interpretação no resto do tempo. Então, por menor e mais pobre que fosse, o teatro era movimentado como um formigueiro o ano todo. Entre uma produção e outra e depois das aulas, aquilo ficava cheio de discussões intensas, e a testa do sr. Stone e dos alunos ficava suada. Lily achava que ficavam mais animados do que quando estavam em cena. Ela não tinha como evitar ouvir essas brigas, mas não entendia qualquer raiva que não fosse por causa de como fazer uma cena ou como dizer determinada fala. Agora que o Skylight estava fechado, o sr. Stone preso e ela sem emprego, ficava claro que ela devia ter prestado mais atenção nas coisas.

Devia ter sido a peça. Aquela que causou o problema, a manifestação, depois a visita daqueles dois sujeitos do governo com chapéus de feltro. A peça, no entender dela, não era muito boa. Claro que não tão ruim como aquela que eles ensaiaram, mas não conseguiram permissão para apresentar. *O caso Morrison* se chamava, de alguém chamado Albert Maltz, se não lhe falhava a memória.

O salário era menor na lavanderia Palácio Celestial, dos Wang, e não havia gorjeta de atores. Mas trabalhar durante o dia era melhor que andar no escuro de ida e volta do seu minúsculo quartinho alugado até o teatro. Lily estava na sala de passar, lembrando de uma recente irritação que se transformara em raiva. A resposta que ela havia recebido recentemente de uma corretora de imóveis a deixara fervendo. Frugal e discreta, ela tinha aumentado o suficiente o que os pais lhe deixaram para poder sair da pensão e dar entrada numa casa própria. Tinha marcado o anúncio de uma linda casinha de cinco mil dólares e, embora fosse distante de seu trabalho na lavanderia, ela se deslocaria alegremente de um bairro tão bom. Não se incomodou com os olhares que recebera ao passear pelo bairro, pois sabia que estava bem-vestida e que seu cabelo alisado estava perfeito. Por fim, depois de alguns passeios à tarde, ela consultou uma imobiliária. Quando descreveu o que queria e as duas casas à venda que encontrara, a corretora sorriu e disse: "Eu sinto muitíssimo".

"Já foram vendidas?", Lily perguntou.

A corretora baixou os olhos e resolveu não mentir. "Bom, não, mas há certas restrições."

"Quais?"

A corretora suspirou. Como obviamente não queria ter aquela conversa, levantou a tampa de mata-borrão da escrivaninha e puxou uns papéis grampeados. Virando uma página, mostrou a Lily um trecho sublinhado. Lily acompanhou as linhas impressas com o indicador:

Nenhuma parte da propriedade aqui mencionada poderá ser jamais usada ou ocupada por qualquer judeu ou por qualquer pessoa de raça etiópica, malaia ou asiática, excetuando-se apenas empregados no serviço doméstico.

"Tenho casas e apartamentos para alugar em outras partes da cidade. Se a senhora quiser..."

"Obrigada", Lily disse. Ergueu o queixo e saiu da imobiliária o mais depressa que seu orgulho permitia. Mesmo assim, quando a raiva esfriou e depois de ponderar um pouco, ela voltou à imobiliária e alugou um apartamento de um cômodo no segundo andar, perto da rua Jackson.

Embora seus empregadores fossem muito mais distintos que as atrizes do Skylight Studio, depois de seis meses passando e vaporizando para os Wang, e mesmo depois de lhe darem um aumento de setenta e cinco centavos, ela se sentia sufocada. Ainda queria comprar aquela casa ou outra igual àquela. Nessa inquietação, entrou um homem alto com uma trouxa de roupas do Exército para o serviço de "mesmo dia". O casal Wang, almoçando na sala dos fundos, a deixara encarregada do balcão. Ela disse ao cliente que o serviço de "mesmo dia" só podia atender a pedidos feitos antes do meio-dia; ele podia pegar suas roupas no dia seguinte. Ela sorriu ao falar. Ele não sorriu de volta, mas seus olhos tinham um ar tão sossegado e distante — como gente que ganha a vida olhando as ondas do mar — que ela cedeu.

"Bom, vou ver o que eu posso fazer. Volte às cinco e meia."

Ele voltou e, segurando os cabides de roupas por cima do ombro, esperou na calçada meia hora até ela sair. Aí, propôs acompanhá-la até em casa.

"Quer subir?", Lily perguntou.

"Faço o que você mandar."

Ela riu.

Eles deslizaram um para dentro do outro, se transformando numa espécie de casal em menos de uma semana. Mas meses depois, quando ele disse que tinha que ir embora por razões familiares, Lily sentiu uma pulsação anormal. Só isso.

Viver com Frank tinha sido glorioso no começo. O rompimento foi mais um gaguejar que uma única erupção. Ela começou a ficar incomodada, mais que alarmada, quando voltava para casa e o encontrava sentado no sofá, olhando para o chão. Um pé da meia calçado, a outra meia na mão. Nem dizer seu nome ou se inclinar até o rosto dele o fazia ele se mexer. Então Lily aprendeu a deixá-lo em paz e logo ia para a cozinha limpar a bagunça que ele tivesse deixado. Os momentos em que era tão bom como no começo, quando ela sentia uma imensa doçura ao acordar com ele a seu lado, as placas de identificação do Exército debaixo do rosto dela, haviam se tornado lembranças que ela se sentia cada vez menos inclinada a resgatar. Lamentava a perda do êxtase, mas supunha que em algum momento seus picos voltariam.

Enquanto isso, a mecânica miúda da vida exigia atenções: contas por pagar, vazamentos de gás frequentes, camundongos, fios corridos em seu último par de meias de náilon, brigas de vizinhos, torneiras pingando, aquecimento insuficiente, cachorros de rua e o preço absurdo do hambúrguer. Frank não levava a sério nenhuma dessas irritações e, honestamente, ela não podia censurá-lo. Sabia que enterrado debaixo da pilha de reclamações estava seu desejo pela casa própria. Lily se enfurecia de ele não compartilhar seu entusiasmo em atingir esse objetivo. De fato, ele parecia não ter nenhum objetivo. Quando ela o questionava sobre o futuro, sobre o que queria fazer, ele dizia: "Continuar vivo". Ah, ela pensava. A guerra ainda o assombrava. Então, irritada ou alarmada, ela perdoava muita coisa nele: como aquela vez, em fevereiro, em que foram a uma convenção da igreja num campo de futebol de uma escola. Mais conhecida por mesas e mais mesas de comida grátis deliciosa do que por seu proselitismo, a igreja acolhia todo mundo. E todo mundo ia — não só os membros da congregação. O número de não crentes, aglomerados na entrada e fazendo fila para a comida, superava o de crentes. Folhetos distribuídos por jovens de cara séria e velhos de cara branda eram enfiados em bolsas e bolsos. Quando a chuva da manhã parou e o sol deslizou por entre as nuvens, Lily e Frank trocaram suas capas por suéteres e passearam de mãos dadas pelo estádio. Lily ergueu um pouco mais o queixo e sentiu vontade de que Frank cortasse o cabelo. As pessoas pousavam nele um olhar mais que de passagem, provavelmente por ele ser tão alto, ou assim esperava ela. De qualquer forma, passaram a tarde toda animados — conversando com as pessoas e ajudando as crianças a fazerem seus pratos. Então, de repente, no meio de todo aquele sol fresco e cálida alegria, Frank pirou. Estavam parados a uma mesa, servindo-se de mais uma porção de frango frito, quando uma menininha de olhos puxados estendeu a mão do outro lado da mesa para pegar um bolinho. Frank inclinou-se para empurrar o prato para mais perto dela. Quando ela abriu um largo sorriso de agradecimento, ele derrubou seu prato e saiu correndo pela multidão. As pessoas, aquelas que ele empurrou e outras, abriram passagem para ele — algumas estranhando, outras simplesmente de boca aberta. Alarmada e envergonhada, Lily deixou seu prato de papel na mesa. Tentando com toda força fingir que ele lhe era estranho, caminhou devagar, de queixo erguido, sem olhar para ninguém, passou pelas arquibancadas e saiu por onde Frank havia saído.

Quando voltou ao apartamento, ficou agradecida por encontrá-lo vazio. Como ele pudera mudar tão depressa? Rindo num segundo, aterrorizado no outro? Haveria nele alguma violência que pudesse ser dirigida a ela? Ele tinha alterações, claro, mas nunca era questionador, muito menos ameaçador. Lily ergueu os joelhos e, com os cotovelos apoiados neles, ponderou sua confusão e a dele, o futuro que ela queria e se Frank seria capaz de participar disso. A luz do amanhecer filtrava-se pela cortina quando ele voltou. Lily sentiu o coração apressado ao ouvir a chave na fechadura, mas ele estava calmo e, conforme disse, "arrasado de vergonha".

"Foi alguma coisa de quando você servia na Coreia que te assustou?" Lily nunca havia perguntado sobre a guerra e ele nunca puxara o assunto. Bom, ela pensara. Melhor seguir em frente.

Frank sorriu. "De quando eu servia?"

"Bom, você sabe o que eu quero dizer."

"É, eu sei. Não vai acontecer de novo. Prometo." Frank passou os braços em torno dela.

As coisas voltaram ao normal. Ele trabalhava num lava-rápido à tarde; ela, nos Wang durante a semana e reformando roupas aos sábados. Cada vez saíam menos, mas Lily não sentia falta disso. O cinema ocasional era suficiente até assistirem *Por amor também se mata*. Depois da sessão, Frank passou parte da noite fechando o punho em silêncio. Não foram mais ao cinema.

As chances de Lily estavam em outro lugar. Pouco a pouco, ela foi sendo notada por suas habilidades com a agulha. Duas vezes ela fez renda para um véu de noiva e, depois de bordar uma toalha de mesa a pedido de uma cliente abastada, sua fama cresceu. Ao receber múltiplas encomendas especiais, ela decidiu ter seu próprio espaço a qualquer custo e abrir nele uma confecção; talvez viesse a ser modista algum dia. Afinal, tinha experiência profissional com o teatro.

Conforme Frank prometeu, não houve nenhuma outra explosão em público. Ainda. As muitas vezes em que ela chegou em casa para encontrá-lo ocioso de novo, apenas sentado no sofá, olhando para o tapete, foram enervantes. Ela tentou; tentou mesmo. Mas cada coisinha a fazer na casa — por menor que fosse — era obrigação dela: as roupas dele espalhadas pelo chão, pratos com crostas de comida dentro da pia, frascos de ketchup deixados abertos, pelos de barba na pia, toalhas encharcadas amontoadas no piso do banheiro. Lily podia continuar enumerando. E continuou. As reclamações se transformavam em discussões unilaterais, uma vez que ele não se envolvia.

"Onde você estava?"

"Na rua."

"Na rua onde?"

"Ali adiante."

Bar? Barbearia? Salão de sinuca. Ele com certeza não estava sentado no parque.

"Frank, podia lavar as garrafas de leite antes de pôr na varanda?"

"Desculpe. Vou lavar agora."

"Tarde demais. Já lavei. Sabe, eu não posso fazer tudo."

"Ninguém pode."

"Mas você pode fazer alguma coisa, não pode?"

"Lily, por favor. Faço tudo que você quiser."

"Tudo o que eu quiser? Este lugar é nosso."

A névoa de insatisfação em torno de Lily foi se adensando. Seu ressentimento se justificava pela nítida indiferença dele, ao lado de seu conjunto de carência e irresponsabilidade. O trabalho na cama, um dia tão inteiramente satisfatório para uma mulher jovem que não conhecera nenhum outro, se tornou um dever. Naquele dia nevado em que ele pediu emprestado todo aquele dinheiro para cuidar da irmã doente na Geórgia, a insatisfação de Lily lutou contra o alívio e perdeu. Ela pegou as placas de identificação que ele havia deixado na pia do banheiro e escondeu-as numa gaveta ao lado do talão de cheques. Agora o apartamento era todo dela para limpar devidamente, pôr as coisas em seus lugares e acordar sabendo que não tinham sido mexidas nem quebradas. A solidão que sentia antes de Frank acompanhá-la até em casa desde a lavanderia dos Wang começou a se dissolver e deu lugar a um estremecimento de liberdade, de solidão conquistada, de escolha da muralha que queria atravessar, livre do fardo de levar um homem pendurado às costas. Desobstruída e desobrigada, ela podia trabalhar a sério e desenvolver um plano para ir ao encontro de sua ambição e ter sucesso. Era isso que seus pais haviam lhe ensinado e que ela prometera a eles: escolher, eles insistiam, e nunca ser empurrada. Não deixar nenhum insulto ou ofensa derrubá-la. Ou, como seu pai gostava de citar, erroneamente: "É seguir os lombos,* filha. Você foi batizada com o nome da minha mãe, Lillian Florence

* Provérbios 31,17: "Cinge os seus lombos de força, e fortalece os seus braços".

Jones. A dama mais forte que existiu. Descubra o seu talento e vá atrás dele".

Na tarde em que Frank foi embora, Lily foi até a janela da frente, surpresa por ver flocos de neve pesados empoando a rua. Resolveu sair às compras na mesma hora, para o caso de o clima virar um impedimento. Uma vez na rua, encontrou um porta-níqueis de couro na calçada. Abriu e viu que estava cheio de moedas — sobretudo de vinte e cinco e de cinquenta centavos. Na mesma hora se perguntou se alguém a estava observando. As cortinas do outro lado da rua se mexeram um pouco? Os passageiros do carro que passava — terão visto? Lily fechou o porta-níqueis e o colocou na coluna da varanda. Quando voltou com uma sacola cheia de comida de emergência e suprimentos, o porta-níqueis ainda estava lá, coberto com um pompom de neve. Lily não olhou em torno. Casualmente o pegou e jogou em cima das compras. Mais tarde, espalhadas do lado da cama onde Frank dormia, as moedas, frias e brilhantes, pareciam uma troca perfeitamente justa. No espaço vazio de Frank Money brilhava dinheiro de verdade. Quem podia ignorar um sinal tão claro? Não Lillian Florence Jones.

7

Lotus, Geórgia, é o pior lugar do mundo, pior que qualquer campo de batalha. Pelo menos no campo tem um objetivo, emoção, ousadia e alguma chance de vencer ao lado de muitas chances de perder. A morte é certa, mas a vida é tão certa quanto. O problema é que não dá pra saber disso antes.

Em Lotus você sabia antes, já que não tinha futuro, só longos momentos de matar o tempo. Não tinha outro objetivo além de respirar, nada pra conquistar e, a não ser pela morte tranquila de alguém, nada pra sobreviver ou por que valesse a pena sobreviver. Se não fosse pelos meus dois amigos, eu tinha sufocado com doze anos. Eles, junto com a minha irmãzinha, faziam a indiferença dos pais e a hostilidade dos avós ficar em segundo plano. Ninguém em Lotus sabia nada nem queria aprender nada. Com toda certeza não parece com lugar nenhum onde alguém queira ficar. Umas cento e tantas pessoas, talvez, morando numas cinquenta casas caindo aos pedaços. Nada pra fazer a não ser trabalho em que não precisasse pensar, em campos que não eram seus, não podiam ser seus e jamais iam ser seus se você tivesse qualquer outra escolha. Minha família estava contente ou quem sabe só conformada de viver daquele jeito. Eu entendo. Expulsos de uma cidade, qualquer outra que oferecesse segurança e paz pra dormir de noite sem acordar com um rifle na cara era mais que suficiente. Mas era muito menos que suficiente pra mim. Você nunca morou lá, então não sabe como é. Qualquer moleque que tivesse cabeça boa acabava perdendo a cabeça. Eu tinha que me dar por feliz com um pouquinho de sexo rápido sem amor de vez em quando? Talvez alguma molecagem inesperada ou planejada? Bolinhas de gude, pesca, beisebol e caçar coelhos podiam ser razões pra levantar da cama de manhã? Você sabe que não.

O Mike, o Stuff e eu, a gente não via a hora de sair e ir embora, pra bem, bem longe.

Graças a Deus pelo Exército.

Não sinto falta de nada daquele lugar, a não ser das estrelas.

Só o sofrimento da minha irmã podia me fazer chegar a pensar em ir praqueles lados.

Não me pinte como algum herói entusiasmado.

Eu tinha que ir, mas estava apavorado.

8

A roupa passada por Jackie era perfeita. O chão que ela esfregava não ficava bom, mas Lenore a mantinha porque sua habilidade com braguilhas, punhos, colarinhos e palas era insuperável. Era uma delícia ver aquelas mãos pequenas erguerem sem esforço o ferro pesado, um prazer notar com que facilidade ela manipulava a chama do fogão a lenha. Como ela era perita em sentir a quentura do metal, a diferença entre torrar e a temperatura perfeita. Tinha doze anos, com aquela mistura de estridência de criança brincando com adulta executando tarefas. Na rua, podia-se ver a menina fazendo bolas de chiclete ao mesmo tempo que manipulava uma raquete de pingue-pongue com a bolinha amarrada, ou pendurada de cabeça para baixo num galho de carvalho. Dez minutos depois, ela estaria tirando escamas de peixe ou depenando frangos como uma profissional. Lenore achava que era culpa sua Jackie não limpar direito o chão. A cabeça do esfregão era feita com um maço de trapos, não com corda absorvente como os melhores. Ela pensou em mandá-la esfregar de joelhos, mas preferiu não ter de ver aquele corpinho magro de menina de quatro. Salem havia sido insistentemente convocado a providenciar um esfregão novo, a pegar uma carona com o sr. Haywood até Jeffrey para comprar os suprimentos de que precisavam. A desculpa dele, "Você sabe dirigir, vá você mesma", era uma de muitas.

Lenore suspirava e tentava não comparar Salem com seu primeiro marido. Nossa, nossa, que homem doce, ela pensava. Não só atencioso, enérgico e bom cristão, mas também ganhava bem. Tinha um posto de gasolina onde a rua principal virava uma estrada de campo, ponto ideal para precisar reabastecer. Homem delicado. Horrível, horrível que tenha sido morto com um tiro de alguém que queria ou tinha inveja de seu posto de gasolina. O recado deixado em cima de seu peito dizia: "Dê o fora daqui. Agora". Aconteceu durante a parte mais dura da Depressão e o xerife local tinha coisas mais importantes na cabeça. Investigar o condado por causa de uma simples morte a tiro não era uma delas. Ele anotou e disse que ia dar uma olhada. Se olhou, não contou o que descobriu. Felizmente, o marido dela tinha economias, seguro e uma propriedade abandonada pertencente a seu primo em Lotus, Geórgia. Com medo de que quem matou seu marido pudesse vir atrás dela, Lenore vendeu a casa, encheu o carro com tudo o que cabia e mudou de Heartsville, Alabama, para Lotus. Seu medo cedeu com o tempo, mas não a ponto de ser confortável viver sozinha. Então casar com um viúvo de Lotus chamado Salem Money resolvia o problema, pelo menos por algum tempo. Procurando alguém para ajudar a consertar a casa, Lenore falou com o pastor da Congregação de Deus. Ele lhe deu um ou dois nomes, mas insinuou que Salem Money teria o tempo e a capacidade. Era verdade, e como Salem era um dos poucos homens não casados à disposição, pareceu natural que eles juntassem forças. Foram até Mount Haven, Lenore dirigindo, para tirar uma certidão de casamento que o escriturário se recusou a expedir porque os dois não tinham certidões de nascimento. Ou pelo menos foi o que disse. A arbitrariedade da negativa, porém, não os deteve. Os dois fizeram o voto na Congregação de Deus.

Quando Lenore estava começando a se sentir segura e confortável tão longe do Alabama, chegou um bando de parentes de Salem — esfarrapados e expulsos de casa: seu filho Luther com a esposa Ida; outro filho, Frank; um neto, também Frank, e uma recém-nascida que urrava.

Ficou impossível. Tudo o que ela e Salem tinham feito para arrumar a casa foi em vão. Ela precisava planejar com antecedência o uso do vaso; não havia nenhuma privacidade. Ao acordar cedo para tomar café da manhã com tranquilidade, como era seu hábito, tinha de pular corpos dormindo, amamentando ou roncando espalhados pela casa. Ela se adaptou e tomava o café da manhã quando os homens saíam e Ida levava o bebê para o campo com ela. Mas era o choro da criança durante a noite que mais a enfurecia. Quando Ida perguntou a Lenore se ela podia cuidar do bebê porque não podia mais levar com ela para o campo, Lenore achou que ia enlouquecer. Não podia recusar, mas concordou sobretudo porque o irmão de quatro anos era claramente a mãe de verdade do bebê.

Aqueles três anos foram uma provação, apesar da gratidão da família sem teto, fazendo tudo o que ela queria sem nunca reclamar. Ela deixava que ficassem com tudo o que ganhavam porque quando tivessem economizado o suficiente poderiam alugar seu próprio espaço e deixar o dela. Aperto, inconveniências, tarefas extra, um marido cada vez mais indiferente — seu refúgio estava destruído. A nuvem de sua insatisfação, por ser tão usada, encontrou um lugar para pairar: em torno das cabeças do menino e da menina. Eles é que pagavam, embora Lenore acreditasse que era apenas uma avó-madrasta exigente, não cruel.

A menina não tinha jeito e precisava ser corrigida a cada minuto. As circunstâncias de seu nascimento não preconizavam nada de bom. Talvez houvesse um nome na medicina para a sua estranheza, para uma memória tão curta que nem um beliscão a fazia lembrar de fechar o galinheiro à noite, ou a não derrubar comida na roupa todo santo dia. "Você tem dois vestidos. Dois! Acha que vou lavar a sua roupa depois de cada refeição?" Só o ódio nos olhos de seu irmão impedia que Lenore a esbofeteasse. Ele estava sempre a protegê-la, acalmando-a como se fosse sua gatinha de estimação.

Por fim, a família mudou para sua própria casa. Reinaram paz e ordem. Passaram-se os anos, filhos cresceram e mudaram, pais adoeceram e morreram, colheitas falharam, tempestades puseram abaixo casas e igrejas, mas Lotus resistiu. Lenore também, até começar a sentir tontura com muita frequência. Foi quando ela convenceu a mãe de Jackie a deixar a menina fazer alguns trabalhos para ela. Sua única hesitação era o cachorro de Jackie, cuidador constante da menina. Um dobermann preto e marrom que nunca saía do lado de Jackie. Mesmo quando a menina estava dormindo ou dentro de alguma casa no bairro, o dobermann ficava deitado com a cabeça entre as patas na frente da porta. Não importa, Lenore pensou, contanto que o cachorro fique no jardim ou na varanda. Ela às vezes precisava de alguém para fazer as tarefas que exigiam ficar muito de pé. De Jackie ela podia também recolher notícias sobre o que acontecia na cidadezinha.

Descobriu que o rapaz da cidade grande com quem Ci fugira havia roubado o carro de Lenore e abandonado a menina em menos de um mês. Ela estava envergonhada demais para voltar para casa. Imagine, Lenore pensou. Tudo o que ela sempre pensara da menina era verdade. Até um casamento legítimo era impossível para ela. Lenore teve de insistir em alguma formalidade, algum registro, senão o casal teria apenas um arranjo frouxo de "viver juntos". Não ter nenhuma obrigação deixou um deles livre para roubar um Ford e o outro para negar a responsabilidade.

Jackie descreveu também a condição de duas famílias que tinham perdido os filhos na Coreia. Uma era os Durham, pais de Michael. Lenore se lembrava dele como um sujeito que não valia nada, amigo próximo de Frank. E outro rapaz chamado Abraham, filho de Maylene e Howard Stone, aquele que chamavam de "Stuff", tinha morrido também. Do trio, só Frank sobrevivera. Ele, pelo que diziam, nunca mais ia voltar a Lotus. A reação dos Durham e dos Stone à morte de seus filhos foi adequada, mas dava a impressão de que estavam esperando que corpos de santos fossem devolvidos para casa. Eles não sabiam ou não lembravam como aqueles três rapazes disputavam convites para a casa daquela cabeleireira? Perdida é pouco. Desgraçada é pouco. Sra. K., eles a chamavam. Soberba ali era o que não faltava. Quando o reverendo Alsop foi vê-la e alertou para que não recebesse adolescentes locais, ela jogou uma xícara de café quente na camisa dele. Algumas avós tinham convencido o reverendo a falar com ela, mas os pais não se importavam com os serviços da sra. K., e nem as mães. Adolescentes tinham de aprender de algum jeito e uma viúva local que não disputava os maridos delas era muito mais uma bênção que um pecado. Além disso, suas próprias filhas ficavam mais seguras assim. A sra. K. não provocava nem cobrava. Aparentemente, ela de vez em quando se satisfazia (e aos adolescentes) quando ficava com mais apetite. Além disso, ninguém penteava melhor que ela. Lenore não atravessava nem a rua para dizer "bom dia", quanto mais para se sentar na abominação da cozinha dela.

Tudo isso ela contou a Jackie e, ainda que a menina ficasse de olhos vidrados, não discutia nem contradizia Lenore como Salem sempre fazia.

Ela era uma mulher profundamente infeliz. E embora tivesse casado para evitar ficar só, o desdém pelos outros a mantinha sozinha, senão completamente solitária. O que a acalmava era ter uma conta de poupança bastante gorda, uma propriedade e um, na verdade dois, dos poucos automóveis do bairro. Jackie era toda a companhia que desejava. Além de boa ouvinte e boa trabalhadora, a menina valia muito mais que os vinte e cinco centavos que Lenore lhe pagava todo dia.

E então acabou.

O sr. Haywood disse que alguém tinha jogado dois cachorrinhos da carroceria de um caminhão bem na frente dele. Ele freou, pegou o que não tinha quebrado o pescoço, uma fêmea, e a trouxe a Lotus para as crianças a quem dava revistas em quadrinhos e balas. Embora poucos tivessem gostado e cuidassem da filhotinha, outros a provocavam. Jackie, porém, adorava a cachorra, alimentava, protegia e lhe ensinava truques. Não é de admirar que ela tenha imediatamente se apegado a Jackie, quem mais a amava. Ela chamou a cachorra de Bobby.

Bobby em geral não comia galinhas. Ela preferia pombos, seus ossos eram mais macios. E não caçava para comer; apenas comia qualquer coisa que lhe dessem ou que encontrasse. De forma que a franguinha que bicava em busca de minhocas em torno dos degraus da varanda de Lenore foi um claro convite. A vara que Lenore usou para bater em Bobby para afastá-la da carcaça da franga foi a mesma que ela usava para se manter ereta.

Jackie ouviu os ganidos e deixou o ferro queimar a sua forma numa fronha, para sair correndo da casa e resgatar Bobby. Nenhuma das duas voltou à casa de Lenore.

Sem a ajuda ou apoio do marido, Lenore ficou tão sozinha como ficara depois que o primeiro marido morreu, como tinha ficado antes de se casar com Salem. Era tarde demais para alimentar uma amizade com as mulheres do bairro, que ela tinha feito saberem com certeza o nível delas e o seu. Implorar à mãe de Jackie foi humilhante, além de infrutífero, uma vez que a resposta foi "sinto muito". Agora tinha de se contentar com a companhia que prezava acima de tudo — ela mesma. Talvez essa parceria entre Lenore e Lenore é que tenha provocado o leve derrame que ela sofreu numa noite escaldante de julho. Salem a encontrou ajoelhada ao lado da cama e correu para a casa do sr. Haywood. Ele a levou ao hospital em Mount Haven. Lá, depois de uma longa e perigosa espera no corredor, ela finalmente recebeu o atendimento que impediu maiores danos. Sua fala ficou arrastada, mas conseguia andar — embora com cuidado. Salem cuidava de suas necessidades básicas, mas ficou aliviado ao perceber que não conseguia entender nem uma palavra do que ela dizia. Ou foi o que ele disse.

A prova da boa vontade das vizinhas que frequentavam a igreja e tementes a Deus era que traziam pratos de comida, varriam o chão, lavavam sua roupa de cama e teriam dado banho nela também, não fosse o fato de seu orgulho e sua sensibilidade impedirem isso. Elas sabiam que a mulher que estavam ajudando desprezava todas elas, de forma que nem precisavam falar em voz alta o que sabiam ser verdade: que o Senhor Trabalha por Caminhos Misteriosos para Realizar Suas Obras.

9

Coreia.

Você não consegue imaginar porque não esteve lá. Não consegue descrever a paisagem desolada porque nunca viu aquilo. Primeiro vamos falar do frio. Frio de verdade. Mais que gelar, o frio da Coreia machuca, gruda como uma espécie de cola que a gente não consegue descascar.

A batalha assusta, sim, mas é viva. Ordens, aceleração nas tripas, dar cobertura pros companheiros, matar — claro, não precisa nenhum pensamento profundo. A espera é a parte dura. Passam horas e horas enquanto você faz o que pode pra atravessar os dias frios, chatos. O pior de tudo é o turno de guarda solitário. Quantas vezes dá pra tirar a luva pra ver se os dedos estão ficando pretos ou conferir a sua arma? Seus olhos e ouvidos treinados pra ver e ouvir movimento. Esse som é dos mongóis? Eles são muito piores que os norte-coreanos. Os mongóis nunca desistem; nunca param. Quando você pensa que morreram, eles se viram e te dão um tiro na virilha. Mesmo que você esteja errado e eles estejam mais mortos que os olhos de um drogado, vale a pena desperdiçar munição pra ter certeza.

Lá estava eu, hora após hora, encostado no muro improvisado.

Nada pra ver além de uma aldeia sossegada lá longe, os tetos de sapé imitando as colinas nuas mais além, uma touceira de bambu congelado espetada na neve à minha esquerda. Era lá que a gente jogava o nosso lixo. Fiquei o mais alerta que pude, ouvindo, à espera de qualquer sinal de olhos puxados ou chapéus de palha. Quase todo o tempo nada se mexia. Mas uma tarde ouvi um movimento no bambu. Uma única coisa estava mexendo. Eu sabia que não era o inimigo — eles nunca vinham sozinhos —, então achei que era um tigre. Diziam que eles vagavam pelos montes, mas ninguém nunca tinha visto nenhum. Então, vi o bambu se separar, perto do chão. Um cachorro, talvez? Não. Era uma mão de criança estendida pra fora, tateando o chão. Me lembro que eu ri. Lembrei de quando a Ci e eu tentamos roubar pêssegos do chão debaixo do pessegueiro da Miss Robinson, escondidos, rastejando, o mais quietos possível pra ela não ver a gente e pegar um cinto. Não tentei nem fazer a menina fugir daquela primeira vez, de forma que ela voltou quase todo dia, e se enfiava no meio do bambu pra escarafunchar nosso lixo. Só vi a cara dela uma vez. Quase sempre eu só via a mão mexendo no meio das varas pra pegar o lixo. Cada vez que ela vinha, era tão bem-vinda como olhar uma ave alimentando os filhotes ou uma galinha ciscando, raspando a terra em busca da minhoca que sabia com certeza que estava enterrada ali.

Às vezes, a mão dela acertava direto e pegava alguma coisa do lixo numa piscada. Outras vezes, os dedos esticados ficavam tateando, procurando alguma coisa, qualquer coisa, pra comer. Como uma estrelinha-do-mar — canhota, como eu. Já vi guaxinins mais exigentes catando latas de lixo. Ela não fazia luxo. Qualquer coisa que não fosse metal, vidro ou papel era comida pra ela. Não contava com os olhos, só com as pontas dos dedos pra encontrar comida. Restos de ração, raspas dos pacotes mandados com amor pela mamãe, cheios de brownies esfarelados, bolachas, frutas. Uma laranja, já mole e preta de mofo, está quase encostando nos dedos dela. Ela tateia procuran-

do. O meu substituto chega, vê a mão dela e sacode a cabeça, sorrindo. Quando ele chega perto dela, a menina levanta e no que parece um gesto apressado, quase automático, diz alguma coisa em coreano. Soa como "yam-yam".

Ela sorri, estende a mão pros fundilhos do soldado, toca. Ele fica surpreso. Yam-yam? Assim que desvio os olhos da mão para o rosto, vejo que faltam dois dentes, o cabelo preto caído em cima dos olhos famintos, e ele dá um tiro nela. Só resta a mão no lixo, agarrando o seu tesouro, uma laranja manchada, podre.

Todo civil que encontrei naquele país daria a vida (e dava) pra defender os filhos. Os pais se atiravam na frente dos filhos sem nem pensar. Mesmo assim, eu sabia de uns corruptos que não se contentavam com as meninas já à venda e punham os filhos no mercado.

Pensando nisso agora, acho que o soldado sentiu mais que repulsa. Acho que ele se sentiu tentado e por isso que teve que matar.

Yam-yam.

10

O *Georgian* anunciava um café da manhã com presunto da fazenda e molho vermelho. Frank foi à estação de manhã cedo para reservar uma poltrona. Entregou à bilheteira uma nota de vinte dólares e ela lhe deu três centavos de troco. Às três da tarde, embarcou e acomodou-se no banco reclinável. Na meia hora que levou para o trem partir da estação, Frank liberou as imagens que o assombravam, sempre prontas a dançar diante de seus olhos.

Mike em seus braços se debatendo, convulso, enquanto Frank gritava para ele: "Fica aqui, rapaz. Fica. Fica comigo". Depois sussurrou: "Por favor, por favor". Quando Mike abriu a boca para falar, Frank chegou bem perto e ouviu o amigo dizer: "Smart, Smart. Não conta pra minha mãe". Depois, quando Stuff perguntou o que ele disse, Frank mentiu. "Ele falou 'mate esses filhos da puta'." Quando os paramédicos chegaram, a urina de Mike tinha congelado e Frank precisara espantar do corpo de seu amigo duplas de aves pretas, agressivas como bombardeiros. Aquilo que morreu em seus braços atribuía uma vida grotesca à sua infância. Eram garotos de Lotus que se conheciam desde antes de aprender a usar a privada, que saíram do Texas do mesmo jeito, desacreditando da inacreditável malignidade de estranhos. Quando crianças, tinham perseguido vacas desgarradas, limpado um campo para jogar bola na floresta, repartido Lucky Strikes, tateado, risonhos, seu caminho no sexo. Quando adolescentes, fizeram uso da sra. K., a cabeleireira, que, dependendo da vontade dela, os ajudava a afiar suas habilidades sexuais. Eles discutiam, brigavam, riam, caçoavam e se adoravam sem nunca precisar dizer isso.

Frank não tinha sido valente antes. Apenas fizera o que mandavam e o que era preciso. Ficava até nervoso antes de matar. Agora era temerário, lunático, disparava, se esquivava de pedaços de homens espalhados. A súplica, o uivo de socorro ele não conseguiu ouvir com clareza até um F-51 jogar sua carga no ninho do inimigo. No silêncio pós-explosão, os apelos flutuaram como o som de um violoncelo barato vindo de um brete de gado farejando o próprio futuro empapado de sangue. Agora que Mike tinha ido embora, ele era valente, fosse o que fosse que isso queria dizer. Não havia china nem asiático morto no mundo que o satisfizesse. O cheiro acobreado do sangue não o enjoava mais; abria seu apetite. Semanas mais tarde, depois que Red foi pulverizado, o sangue jorrou do braço arrancado de Stuff. Frank ajudou Stuff a encontrar o braço uns seis metros adiante, meio enterrado na neve. Aqueles dois, Stuff e Red, eram especialmente próximos. Cortaram o *neck* do apelido de Red* porque, detestando nortistas mais do que eles, preferia se juntar a três garotos da Geórgia — sobretudo a Stuff. Agora eles eram carne.

* Respectivamente, "pescoço" e "vermelho". Um *redneck*, "pescoço vermelho, é "caipira", "matuto", camponês".

Frank esperou, alheio ao fogo que recuava, até os paramédicos irem embora e o pessoal do túmulo chegar. Sobrara muito pouco de Red para garantir espaço numa maca inteira, então juntaram com os restos de um outro. Stuff, porém, ficou com uma maca inteira para ele e, segurando o braço decepado com o outro ainda ligado ao corpo, ficou deitado ali e morreu antes que a agonia chegasse a seu cérebro.

Depois, durante meses, Frank ficava pensando: "Mas eu conheço eles. Conheço eles e eles me conhecem". Se ouvisse uma piada de que Mike ia gostar, ele virava a cabeça para contar a ele — depois, um nanossegundo de vergonha ao se dar conta de que ele não estava ali. E nunca mais ia ouvir aquela risada alta, ou ver Mike distrair um destacamento inteiro com piadas sujas e imitações de estrelas do cinema. Às vezes, muito depois de ter sido dispensado, ele via o perfil de Stuff num carro parado no farol até o pulsar de tristeza do coração revelar o engano. Lembranças abruptas e desreguladas punham um brilho úmido em seus olhos. Durante meses, só o álcool dispersava seus melhores amigos, os mortos que pairavam à sua volta e que ele não podia mais ouvir, com quem não podia mais conversar nem dar risada.

Mas antes disso, antes da morte de seus conterrâneos, ele havia testemunhado a outra. A menina lixeira agarrando uma laranja, sorrindo e dizendo "yam-yam" antes que o soldado explodisse a cabeça dela.

Sentado no trem para Atlanta, Frank de repente se deu conta de que aquelas lembranças, poderosas como eram, não o esmagavam mais nem o atiravam num desespero paralisante. Ele podia lembrar cada detalhe, cada tristeza, sem precisar do álcool para se equilibrar. Seria o fruto da sobriedade?

Pouco depois do amanhecer, nos arredores de Chattanooga, o trem diminuiu a velocidade e parou, aparentemente sem nenhuma razão. Logo ficou claro que precisavam consertar alguma coisa e que podia levar uma hora, talvez mais. Alguns passageiros do vagão reclamaram, outros aproveitaram e, contrariando as instruções do condutor, desceram para esticar as pernas. Passageiros do vagão-leito acordaram e pediram café. Os dos vagões de jogos pediram comida e mais bebidas. A parte do trilho onde o trem havia parado corria ao longo de uma fazenda de amendoim, mas dava para ver a placa de uma venda a uns duzentos ou trezentos metros. Frank, inquieto, mas não irritado, caminhou para a venda. Estava fechada àquela hora, mas ao lado uma lojinha estava aberta para vender refrigerantes, pão de forma Wonder, tabaco e outros produtos de que o pessoal dali gostava. Bing Crosby cantando "Don't Fence Me In" chiava num rádio com má recepção. A mulher atrás do balcão estava numa cadeira de rodas, mas, rápida como um beija-flor, rodou até a geladeira e tirou a lata de Dr. Pepper que Frank pedira. Ele pagou, piscou para ela, ganhou um olhar firme de volta e saiu para beber. O sol jovem estava queimando e havia pouca coisa em pé para fazer sombra ou dar abrigo, apenas a venda, a lojinha e uma casa caindo aos pedaços do outro lado da rua. Um Cadillac dourado pelo sol estacionou na frente. Frank atravessou a rua para admirar o carro. Os faróis traseiros eram finos como barbatanas de tubarão. O para-brisa largo acima do capô. Quando chegou mais perto, ele ouviu vozes — vozes de mulher — xingando e reclamando atrás da casa. Seguiu pela lateral na direção dos gritos, esperando ver algum agressor macho se exibindo. Mas no chão havia duas mulheres brigando. Rolando, dando socos e chutes no ar, elas se batiam na terra. Seus cabelos e roupas estavam desarrumados. A surpresa para Frank foi o homem parado perto delas, palitando os dentes e assistindo. Ele se virou com a aproximação de Frank. Era um homem grande com olhos rasos, entediados.

“Que porra você está olhando?” Ele não tirou o palito da boca.

Frank se imobilizou. O homem grande veio até ele e o empurrou pelo peito. Duas vezes. Frank jogou seu Dr. Pepper e empurrou o homem com força, o qual, não tendo agilidade, como tantos homens realmente grandes, caiu na mesma hora. Frank pulou em cima do corpo deitado e começou a esmurrar seu rosto, querendo enfiar aquele palito em sua garganta. A emoção que vinha a cada golpe era maravilhosamente familiar. Sem conseguir nem querer parar, Frank continuou mesmo quando o grandão estava inconsciente. As mulheres pararam de se arranhar e puxaram Frank pelo colarinho.

“Pare!” gritaram. “Vai matar ele! Seu filho da puta, saia de cima dele!”

Frank parou e virou para olhar as salvadoras do grandalhão. Uma se abaixou para aninhar a cabeça do homem. A outra limpou o sangue de seu nariz e chamou o homem grande pelo nome. “Sonny. Sonny. Ah, meu bem.” Ela então se pôs de joelhos e tentou reanimar seu cafetão. Estava com a blusa rasgada nas costas. Era amarelo-vivo.

Frank se levantou e, massageando os nós dos dedos, se afastou depressa, meio correndo, meio trotando, de volta para o trem. Ou ele foi ignorado ou não foi notado pelo pessoal do conserto. Na porta do vagão, um atendente olhou para as mãos manchadas de sangue e a roupa empoeirada, mas não disse nada. Felizmente, o toalete era perto da entrada, então Frank pode recuperar o fôlego e se limpar antes de seguir pelo corredor. Uma vez sentado, Frank se assombrou com a excitação, com a louca alegria que a briga tinha lhe proporcionado. Era diferente da raiva que acompanhara a matança na Coreia. Aquelas correrias eram ferozes, mas inconscientes, anônimas. Essa violência era pessoal em seu deleite. Bem, ele pensou. Talvez precisasse dessa emoção para resgatar a irmã.

11

Os olhos dela. Rasos, esperando, sempre esperando. Não pacientes, não esperançosos, mas suspensos. Ci. Ycidra. Minha irmã. Agora a minha única família. Quando eu escrever isto aqui, saiba do seguinte: ela foi uma sombra a maior parte da minha vida, uma presença marcando a própria ausência, ou talvez a minha. Quem sou eu sem ela, aquela menina subnutrida com os olhos tristes que esperam? Como ela tremia quando nos escondemos das pás. Cobri o rosto dela, os olhos dela, esperando que ela não visse o pé espetado pra fora da cova.

A carta dizia "ela vai morrer". Arrastei o Mike pra um lugar seguro e lutei com as aves, mas ele morreu assim mesmo. Fiquei abraçado com ele, conversei com ele durante uma hora, mas ele morreu assim mesmo. Estanquei o sangue que jorrava do lugar onde devia estar o braço do Stuff. Encontrei o braço uns seis metros adiante e dei pra ele, no caso de poderem costurar de volta. Ele morreu assim mesmo. Chega de gente que eu não salvei. Chega de ficar olhando gente próxima de mim morrer. Chega.

E a minha irmã não. De jeito nenhum.

Ela foi a primeira pessoa por quem eu me responsabilizei. Lá no fundo dela vivia o meu retrato secreto de mim mesmo — um eu forte e bom atrelado à lembrança daqueles cavalos e do enterro de um estranho. Protegendo ela, procurando uma saída daquela grama alta pra longe daquele lugar, sem medo de nada — nem de cobras nem de velhos malucos. Eu me pergunto se ter conseguido isso foi a semente enterrada de todo o resto. No meu coração de menino pequeno, eu me senti heroico e sabia que se descobrissem a gente ou tocassem nela, eu matava eles.

12

Frank seguiu pela rua Auburn em frente à estação na Walnut. Uma cabelereira, um cozinheiro de pratos rápidos, uma mulher chamada Thelma — por fim conseguiu a marca do carro e o nome de um motorista de táxi sem licença que podia levá-lo ao local de trabalho suburbano de Ci. Como chegou tarde por causa do atraso em Chattanooga, passou o dia para lá e para cá na rua Auburn, recolhendo informações. Agora era tarde demais. O motorista de táxi não estaria no ponto até de manhã cedinho. Frank resolveu comer alguma coisa, andar um pouco por ali e depois procurar um lugar para dormir.

Ficou passeando até o entardecer e estava a caminho do Royal Hotel quando uns jovens gângsteres em treinamento pularam em cima dele.

Ele gostou de Atlanta. Diferente de Chicago, o ritmo da vida diária era humano ali. Aparentemente havia tempo nessa cidade. Tempo para enrolar um cigarro sem pressa, tempo para examinar os legumes com olho de lapidador de diamantes. E tempo para velhos se reunirem na frente de uma loja e não fazerem nada além de ver seus sonhos passarem: os carros fantásticos de criminosos e o requebrar das mulheres. Tempo também para um ensinar o outro, rezar pelo outro e castigar crianças em bancos de centenas de igrejas. Foi esse afeto divertido que o levou a baixar a guarda. Tinha montes de lembranças tristes, mas nenhum fantasma nem pesadelos havia dois dias, e estava desesperado por café preto de manhã, não o tranco que o uísque lhe dera um dia para acordar. Então, na noite da véspera do dia em que o táxi clandestino estaria disponível, ele passeou pelas ruas, olhando a vista a caminho do hotel. Se estivesse alerta em vez de divagando, ele teria reconhecido aquele cheiro de baseado e gasolina, o passo rápido e sorrateiro, assim como o hálito da gangue — o cheiro de crianças apavoradas que dependiam da valentia grupal. Não militar, mas de parque de diversões. Na boca de uma viela.

Mas ele não viu nada disso e dois dos cinco sorrateiros agarraram seus braços por trás. Ele usou o pé para chutar um deles e no espaço deixado pela queda e pelo uivo do garoto, Frank girou e quebrou o queixo do outro com o cotovelo. Foi quando um dos outros três baixou um cano na sua cabeça. Frank caiu e no borrão de dor sentiu o corpo revistado e em seguida ouviu pés correndo, mancando. Ele engatinhou até a rua e sentou-se no escuro encostado a uma parede até sua visão clarear.

"Precisa de ajuda?" A silhueta de um homem emoldurado pela luz do poste pairava acima dele.

"O quê? Ah."

"Pegue aqui." O homem estendeu a mão para ajudar Frank a se levantar.

Apalpando os bolsos, ainda tonto, Frank xingou. "Droga." Tinham roubado sua carteira. Com uma careta, esfregou a nuca.

"Quer que chame a polícia ou não?"

"Porra, não. Quer dizer, não, muito obrigado."

"Bom, pegue isto aqui." O homem enfiou duas notas de um dólar no bolso do paletó de Frank.

"Ah, obrigado. Mas eu não preciso de..."

"Esqueça, irmão. Fique na luz."

Mais tarde, sentado num restaurante vinte e quatro horas, Frank lembrou do longo rabo de cavalo do samaritano à luz do poste. Ele desistiu de uma boa noite de sono no hotel. Estava com os nervos tensos, zunindo, então preferiu ficar o máximo possível por ali, brincando com xícaras de café preto e um prato de ovos. Não estava indo bem. Se ao menos tivesse um carro, mas Lily não queria nem ouvir falar disso. Tinha outros planos. Cutucando os ovos, seus pensamentos se voltaram para o que Lily devia estar fazendo, pensando. Ela parecera aliviada com sua partida. E, para dizer a verdade, ele também. Agora estava convencido de que sua ligação a ela era medicinal, como engolir uma aspirina. Efetivamente, quer ela soubesse ou não, Lily deslocara a confusão dele, sua raiva e vergonha. Os deslocamentos o convenceram de que a desgraça emocional não existia mais. De fato, estava dando um tempo.

Cansado e inquieto, Frank saiu do restaurante e vagou sem rumo pelas ruas, parando de repente quando ouviu um trompete gritar. O som vinha de baixo de um lance curto de degraus que terminava numa porta semiaberta. Vozes satisfeitas soavam por baixo do som do trompete, e se havia alguma coisa que podia combinar com o estado de espírito dele era aquele som. Frank entrou. Preferia *bebop* ao *blues* e canções de amor felizes. Depois de Hiroshima, os músicos entenderam, junto com todo mundo, que a bomba de Truman mudava tudo e só improvisações e *bebop* conseguiam transmitir isso. Dentro da sala, pequena e espessa de fumaça, mais ou menos uma dúzia de pessoas intensas assistia a um trio: trompete, piano e bateria. A música continuava e continuava e, a não ser por algumas cabeças balançando, ninguém se mexia. A fumaça suspensa, os minutos passando. O rosto do pianista brilhava de suor, assim como o do trompetista. Mas o do baterista estava seco. Estava claro que a música não ia acabar; a peça só ia parar quando um executante por fim ficasse exausto, quando o trompetista tirasse a corneta da boca e o pianista fizesse cócegas nas teclas antes de executar o acorde final. Mas quando isso aconteceu, quando o pianista e o trompetista se cansaram, o baterista não parou. Ele continuou e continuou. Depois de um tempo, os músicos seus parceiros olharam para ele e identificaram o que deviam ter visto antes. O baterista tinha perdido o controle. O ritmo tomou conta dele. Depois de longos minutos, o pianista se levantou e o trompetista guardou sua corneta. Ambos levantaram o baterista de seu banco e o carregaram para fora, as baquetas ainda batendo um ritmo intrincado e silencioso. A plateia aplaudiu seu respeito e consideração. Depois do aplauso, uma mulher com um vestido azul vivo e outro pianista tomaram o palco. Ela cantou alguns compassos de "Skylark", depois irrompeu numa improvisação que animou todo mundo.

Frank saiu quando o lugar esvaziou. Eram quatro da manhã, duas horas mais até o sr. Táxi Clandestino funcionar. A dor de cabeça estava menos intensa e ele se sentou na sarjeta para esperar. O táxi não chegou nunca.

Sem carro, sem táxi, sem amigos, sem informação, sem plano — encontrar transporte da cidade para o subúrbio naqueles lados era mais difícil que enfrentar um campo de batalha. Eram sete e meia da manhã quando ele tomou um ônibus cheio de trabalhadores silenciosos, faxineiras, empregadas e meninos jardineiros crescidos. Uma vez longe da parte comercial da cidade, desceram do ônibus um a um como mergulhadores relutantes em água azul convidativa, muito acima da poluição abaixo. Lá embaixo procurariam o entulho, as sobras, recarregando os recifes e evitando os predadores que nadam entre as frondes rendadas. Iam limpar, cozinhar, servir, cuidar, lavar, plantar e podar.

Ideias de violência alternadas com ideias de cautela passaram pela cabeça de Frank enquanto ele procurava a placa certa da rua. Não fazia ideia do que ia fazer quando chegasse aonde Ci estava. Talvez, igual ao baterista, o ritmo tomasse conta dele. Talvez Frank também fosse escoltado para fora, se debatendo desamparadamente, preso em seus próprios esforços. Suponhamos que não houvesse ninguém em casa. Ele teria de invadir. Não. Ele não podia deixar as coisas fugirem tanto do controle a ponto de pôr Ci em risco. Suponhamos que… mas não fazia sentido ficar supondo em terreno desconhecido. Quando viu a placa certa da rua, era tarde demais para puxar a cordinha. Ele se acalmou ao caminhar vários quarteirões até chegar à placa de dr. no gramado da casa de Beauregard Scott. Perto dos degraus crescia um pé de abrunho, as flores brancas como neve com o centro roxo. Ele ponderou se devia bater na porta da frente ou dos fundos. A cautela sugeria os fundos.

"Onde ela está?"

A mulher que abriu a porta da cozinha não o questionou. "Lá embaixo", ela disse.

"Você é a Sarah?"

"Sou. Seja o mais silencioso que puder." Ela indicou com a cabeça a escada que levava à sala do doutor e ao quarto de Ci.

Quando Frank chegou ao pé da escada, viu por uma porta aberta um homem pequeno, de cabelo branco, sentado a uma grande escrivaninha. O homem ergueu a cabeça.

"O que foi? Quem é você?" Os olhos do doutor se arregalaram, depois se estreitaram diante do insulto de ser invadido por um estranho. "Fora daqui! Sarah! Sarah!"

Frank chegou mais perto da escrivaninha.

"Não tem nada pra roubar aqui! Sarah!" O médico estendeu a mão para o telefone. "Vou chamar a polícia. Agora!" Estava com o indicador no zero do disco quando Frank arrancou o telefone de sua mão.

Sabendo agora completamente a natureza da ameaça, o doutor abriu a gaveta da mesa e tirou uma arma.

Uma trinta e oito, Frank pensou. Limpa e leve. Mas a mão que a segurava tremia.

O doutor ergueu a arma e apontou para aquilo que em seu medo deviam ser as narinas frementes, os lábios espumando e os olhos congestionados de um selvagem. Em vez disso, viu o rosto sossegado, sereno mesmo, de um homem com quem não se brinca.

Puxou o gatilho.

O clique no tambor vazio foi ao mesmo tempo minúsculo e trovejante. O doutor largou a arma e correu em torno da mesa, passou pelo intruso e subiu a escada. "Sarah!", gritou. "Chame a polícia, mulher! Você deixou ele entrar aqui?"

O dr. Beau então correu pelo corredor, onde havia outro telefone numa mesinha. Parada ao lado dele estava Sarah, a mão apertando com firmeza o aparelho. Não havia dúvidas quanto a seu propósito.

Enquanto isso, Frank entrou no quarto onde sua irmã estava deitada imóvel e pequena com o uniforme branco. Dormindo? Ele sentiu seu pulso. Leve ou nada? Inclinou-se para ouvir respiração ou não respiração. Ela estava fria ao toque, nada do calor da morte recente. Frank conhecia a morte e aquilo não era ela — por enquanto. Olhando depressa em torno do quartinho, ele notou um par de sapatos brancos, um urinol e a bolsa de Ci. Vasculhou dentro dela e enfiou no bolso a nota de vinte dólares que encontrou ali. Então, ajoelhou-se ao lado da cama de Ci, deslizou os braços debaixo de seus ombros e joelhos, aninhou-a nos braços e a levou escada acima.

Sarah e o doutor ficaram travados num olhar indecifrável. Quando Frank passou por eles com seu fardo imóvel, o dr. Beau deu-lhe um olhar de alívio colorido de ódio. Sem roubo. Sem violência. Apenas o sequestro de uma empregada que ele podia substituir facilmente, embora, conhecendo sua mulher, não ousasse substituir Sarah — pelo menos por enquanto.

"Não abuse da sua posição", ele disse a ela.

"Não, senhor", Sarah respondeu, mas a mão continuou apertando o telefone até o doutor descer a escada para sua sala.

Quando Frank, confusamente, conseguiu achar a porta de saída e chegou à calçada, olhou para trás e viu Sarah parada na porta da casa, à sombra das flores de abrunho. Ela acenou. Adeus — para ele e Ci ou talvez para seu emprego.

Sarah ficou um momento olhando a dupla desaparecer no caminho. "Graças a Deus", sussurrou, pensando que mais um dia teria sido tarde demais. Ela culpava a si mesma quase tanto quanto culpava o dr. Beau. Ela sabia que o médico dava injeções, que fazia os pacientes tomarem remédios fabricados por ele e de vez em quando fazia abortos em damas da sociedade. Nada disso a incomodava ou alarmava. O que ela não sabia era quando ele ficara tão interessado em úteros em geral, construindo instrumentos para olhar mais e mais fundo dentro deles. Aperfeiçoando o espéculo. Mas quando notou a perda de peso de Ci, sua fadiga, e como suas menstruações demoravam, ela ficou apavorada a ponto de escrever para o único parente cujo endereço Ci possuía. Os dias passaram. Sarah não sabia se sua nota assustada tinha sido recebida e estava se preparando para dizer ao doutor que chamasse uma ambulância quando o irmão bateu à porta da cozinha. Graças a Deus. Exatamente como diziam os antigos: não quando você O chama; não quando você O quer; apenas quando você precisa d'Ele e na hora certa. Se a menina morresse, ela pensou, não seria sob os cuidados dela, na casa do doutor. Seria nos braços do irmão.

Algumas flores de abrunho, soltando-se no calor, caíram quando Sarah fechou a porta.

Frank pôs Ci de pé e passou o braço direito dela por seu pescoço. A cabeça dela apoiada em seu ombro, os pés nem mesmo imitando passos, ela estava leve como uma pluma. Frank chegou ao ponto de ônibus e esperou pelo que pareceu uma eternidade. Passou o tempo contando as árvores frutíferas em quase todos os quintais — pera, cereja, maçã e figo.

Havia muito poucos passageiros no ônibus de volta à cidade e ele ficou aliviado de ser relegado aos fundos, onde os assentos deixavam espaço aos dois e protegiam os passageiros da imagem de um homem carregando, arrastando, uma mulher evidentemente espancada e bêbada.

Quando desceram do ônibus, levou algum tempo para localizar o táxi clandestino estacionado longe da fila de táxis licenciados à espera, e mais tempo ainda para convencer o motorista a aceitar a provável ruína em seu banco de trás.

"Está morta?"

"Vamos."

"Estamos indo, irmão, mas preciso saber se é pra cadeia ou não."

"Mandei seguir."

"Aonde a gente vai?"

"Lotus. Trinta quilômetros pela 54."

"Vai ficar caro."

"Não se preocupe com isso." Mas Frank estava preocupado. Ci parecia perto do limiar da vida. Misturada a seu medo estava a profunda satisfação que o resgate lhe dera, não só porque tinha sido bem-sucedido, mas também pelo quanto havia sido marcantemente não violento. Poderia ter sido apenas: "Posso levar a minha irmã pra casa?". Mas o médico se sentiu ameaçado no momento em que ele entrou pela porta. No entanto, não ter de bater no inimigo para conseguir o que queria era de alguma forma superior — assim meio que, bem, esperto.

"Pra mim ela não parece nada bem", disse o motorista.

"Olhe pra onde vai, rapaz. A estrada aí na frente não está no seu espelho."

"Estou indo, não estou? O limite de velocidade é oitenta quilômetros, você sabe. Não quero problema com a polícia."

"Se não calar a boca, a polícia vai ser a melhor coisa que vai acontecer com você." A voz de Frank era séria, mas estava com os ouvidos alertas para o grito de uma sirene.

"Ela está sangrando no meu banco? Vai ter que pagar extra se ela estragar o meu banco traseiro."

"Se disser mais uma palavra, só uma, não vai receber nem um centavo."

O motorista ligou o rádio. Lloyd Price, cheio de alegria e felicidade, cantou, "Lawdy Miss Clawdy".

Ci, inconsciente, gemia de vez em quando, a pele agora quente ao toque, mas era um peso morto, de forma que Frank teve dificuldade para procurar o pagamento nos bolsos. Mal a porta do táxi se fechou, poeira e pedregulhos voaram dos pneus quando o motorista foi o mais depressa e o mais longe que podia de Lotus e sua perigosa caipirada maluca.

Os dedos dos pés de Ci riscavam o cascalho à medida que o alto de seus pés se arrastava pelo estreito caminho da casa de Miss Ethel Fordham. Frank voltou a carregar a irmã e, com ela firme nos braços, subiu os degraus da varanda. Um grupo de crianças parado na rua em frente ao jardim observava uma menina bater uma raquete com bolinha amarrada, igual a uma profissional. Mudaram o olhar para o homem com seu fardo. Um lindo cachorro preto deitado ao lado da menina se levantou e pareceu mais interessado na cena que as crianças. Enquanto elas olhavam o homem e a mulher na varanda de Miss Ethel, ficaram de boca aberta. Um menino apontou o sangue que manchava o uniforme branco e riu. A menina bateu nele com a raquete e disse: "Cale a boca!". Ela reconheceu o homem como aquele que muito tempo atrás havia feito uma coleira para seu cachorrinho.

Numa cadeira, havia um cesto de madeira com vagens. Numa mesinha, uma tigela e uma faca de aparar. Através da porta de tela, Frank ouviu um canto. "Mais perto, meu Deus, de Ti..."

"Miss Ethel? Está aí?", Frank chamou. "Sou eu, Smart Money. Miss Ethel?"

O canto parou e Ethel Fordham espiou pela porta de tela, não para ele, mas para a forma leve em seus braços. Ela franziu a testa. "Ycidra? Ah, menina."

Frank não conseguia explicar e nem tentou. Ajudou Miss Ethel a pôr Ci na cama, e em seguida ela mandou que ele esperasse lá fora. Ergueu o uniforme de Ci e separou suas pernas.

"Misericórdia", ela sussurrou. "A menina está pegando fogo." Então, para o irmão parado: "Vá abrir aquelas vagens, Smart Money. Tenho trabalho aqui".

13

Estava tão claro, mais claro do que ele se lembrava. O sol, tendo sugado todo o azul do céu, tardava lá numa Lotus de céu branco e ameaçador, torturando sua paisagem, mas fracassando, fracassando constantemente, fracassando em silenciá-la: crianças ainda riam, corriam, gritavam suas brincadeiras, mulheres cantavam nos quintais estendendo lençóis brancos molhados nos varais; de vez em quando, a uma soprano se juntava uma vizinha contralto ou um tenor que passava. "Me leve pra água. Me leve pra água. Me leve pra água. Pra ser batizado." Frank não pisava aquela estrada de terra desde 1949, nem tinha pisado as pranchas de madeira que cobriam os lugares lavados pela chuva. Não havia calçadas, mas todo jardim e quintal exibia flores protegendo vegetais de doenças e predadores — cravos-de-defunto, nastúrcios, dálias. Carmesins, roxas, rosadas e azul-porcelana. Essas árvores tinham sempre sido de um verde assim tão, tão profundo? O sol fazia o possível para queimar a paz abençoada que se encontrava debaixo das amplas árvores velhas; fazia o possível para arruinar o prazer de estar entre aqueles que não querem degradar nem destruir você. Por mais que tentasse, o sol não conseguia queimar as borboletas amarelas e afastá-las das roseiras escarlates, nem sufocar o canto dos pássaros. Seu calor punitivo não interferia com o sr. Fuller e seu sobrinho sentados na carroceria de um caminhão — o menino com uma gaita, o homem com um banjo de seis cordas. Os pés descalços do sobrinho balançavam; a bota esquerda do tio marcava o ritmo. Cor, silêncio e música o envolveram.

Essa sensação de segurança e boa vontade, ele sabia, era exagerada, mas saboreá-la era real. Ele se convenceu de que em algum lugar, ali perto, costeletas de porco chiavam numa grelha de quintal e dentro da casa havia salada de batata, de repolho e as primeiras ervilhas também. Um bolo esfriava em cima de uma geladeira. E ele tinha certeza de que, na margem do riacho que chamavam de Wretched, uma mulher com chapéu de palha masculino pescava. Em busca de sombra e conforto, ela se sentaria debaixo do loureiro, aquele com ramos igual braços.

Quando ele chegou aos campos de algodão além de Lotus, viu acres de flores rosadas se espalhando debaixo do sol malévolo. Iam ficar vermelhas e cair ao chão dentro de alguns dias para deixar as bagas novas passarem. O plantador ia precisar de ajuda para a estocagem e Frank estaria na fila então, e de novo para a colheita quando fosse a hora. Como todo trabalho pesado, colher algodão deixava o corpo quebrado, mas liberava a mente para sonhos de vingança, imagens de prazer ilegal — até mesmo ambiciosos esquemas de escapada. Recortando esses pensamentos grandes havia os pequenos. Outro tipo de remédio para o bebê? O que fazer com o pé de um tio tão inchado que ele não consegue calçar o sapato? Será que o proprietário vai se dar por satisfeito com metade do aluguel dessa vez?

Enquanto Frank esperava o emprego, tudo o que pensava era se Ci estaria melhorando ou piorando. O patrão dela lá em Atlanta devia ter feito alguma coisa no corpo dela — o quê, ele não sabia — e ela estava lutando contra uma febre que não baixava. Que a raiz de cálamo em que Miss Ethel confiava não estava funcionando, disso ele sabia. Mas era tudo o que sabia porque estava impedido de visitar o quarto da doente por todas as mulheres do bairro. Se não fosse pela menina Jackie, ele não saberia absolutamente nada. Por ela soube que elas achavam que sua virilidade iria piorar o estado da irmã. Jackie contou que as mulheres se alternavam cuidando de Ci cada uma tinha uma receita diferente para a cura. O que todas concordavam era que ele ficasse longe da cama.

Isso explicava por que Miss Ethel não queria que ele ficasse nem na varanda.

"Vá pra algum lugar", ela disse a ele, "e fique longe até eu mandar te chamar."

Frank achou que as mulheres pareciam seriamente apavoradas. "Não deixe a Ci morrer", ele disse. "Está me ouvindo?"

"Fora", ela acenou para que ele saísse. "Você não está ajudando, seu Smart Money, não com esse pensamento negativo. Vá embora, eu falei."

Então ele se ocupou limpando e consertando a casa de seus pais que estava vazia desde que o pai morrera. Com o pouco que restava de dinheiro em seu sapato e o resto do pagamento de Ci, tinha o suficiente para realocá-la por alguns meses. Escarafunchou um buraco do lado do fogão e encontrou a caixa de fósforos. Os dois dentes de leite de Ci pareciam tão pequenos ao lado de suas bolinhas de gude campeãs: uma azul vivo, outra ébano, e a sua favorita, uma mistura irisada. O relógio Bulova ainda estava ali. Sem eixo, sem ponteiros —

do jeito que o tempo funcionava em Lotus, puro e não sujeito à interpretação de ninguém.

Assim que as flores começaram a cair, Frank seguiu as fileiras de algodão até o barracão que o capataz da fazenda chamava de seu escritório. Houve um tempo em que ele odiava aquele lugar. As tempestades de poeira que criava quando não cultivado, o combate aos insetos e o calor de cegar. Quando menino, destinado a um trabalho secundário enquanto seus pais estavam longe, nos campos produtivos, ficava com a boca seca de fúria. Ele aprontava tudo o que podia para ver se o mandavam embora. Mandaram. As broncas do pai não importavam porque ele e Ci tinham liberdade para ocupar aquele tempo intemporal quando o mundo era novo.

Se ela morresse porque algum médico arrogante do mal a cortara, as lembranças de guerra iam empalidecer perto do que faria com ele. Mesmo que levasse o resto de sua vida, mesmo que a compensação fosse a prisão. Apesar de ter derrotado o inimigo sem derramamento de sangue, ao imaginar a morte da irmã ele se juntava aos outros colhedores que planejavam uma doce vingança debaixo do sol.

Foi no fim de junho que Miss Ethel mandou Jackie dizer que ele podia ir até lá, e em julho Ci estava suficientemente bem para mudar para a casa dos pais.

Ci estava diferente. Dois meses cercada por mulheres do campo que adoravam humilhar a transformaram. As mulheres tratavam a doença como se fosse uma afronta, um invasor arrogante e ilegal que tinha de apanhar. Não perdiam seu tempo nem o do paciente com compaixão e enfrentavam as lágrimas do sofredor com resignado desdém.

Primeiro o sangramento: "Separe os joelhos. Isto aqui vai doer. Fique quieta. Quieta, eu disse".

Em seguida, a infecção: "Beba isto. Se vomitar, vai ter que beber mais, então não vomite".

Depois o conserto: "Pare com isso. A queimação é a cura. Fique quieta".

Mais tarde, quando a febre passou e seja lá o que foi que enfiaram em sua vagina foi lavado para fora, Ci descreveu para elas o pouco que sabia sobre o que acontecera com ela. Nenhuma havia perguntado. Quando souberam que tinha trabalhado para um médico, os olhos rolando e os ruídos com a boca bastaram para deixar claro seu desprezo. E nada do que Ci lembrava — como foi agradável quando acordou depois de o dr. Beau ter lhe espetado com uma agulha que a fizera dormir; como ele era apaixonado pelo valor dos exames; como ela acreditava que o sangue e a dor em seguida eram um problema menstrual —, nada fazia com que elas mudassem de ideia sobre a indústria médica.

"Homens sempre sabem quando encontram um penico."

"Você não é uma mula pra ficar puxando a carroça de algum doutor do mal."

"Você é uma privada ou uma mulher?"

"Quem disse que você é lixo?"

"Como eu podia saber o que ele estava aprontando?", Ci tentou se defender.

"Desgraça não manda aviso. Por isso que você tem que estar de olho aberto, senão ela simplesmente entra pela porta."

"Mas..."

"Mas nada. Pra Jesus você está bem boa. Só disso que precisa saber."

Quando ela se recuperou, as mulheres mudaram de tática e pararam de repreendê-la. Agora traziam seus bordados e crochês, e acabaram usando a casa de Ethel Fordham como um centro de colchas de retalhos. Ignorando aqueles que preferiam cobertores novos e macios, elas praticavam o que tinham aprendido com as mães durante o período que a gente rica chamava de Depressão e elas chamavam de vida. Cercada por suas idas e vindas, ouvindo sua conversa, suas canções, obedecendo às suas instruções, Ci não tinha nada a fazer além de prestar a atenção que nunca havia dado a elas antes. Não eram nada parecidas com Lenore, que era dura com Salem e agora, tendo sofrido um pequeno derrame, não fazia absolutamente nada. Embora cada uma de suas cuidadoras fosse muito diferente uma da outra em aparência, roupas, maneira de falar, alimentação e preferências médicas, suas similaridades eram muito claras. Não havia excesso em seus quintais porque elas repartiam tudo. Não havia restos ou lixo em suas casas porque tinham uso para tudo. Assumiam responsabilidade por suas vidas e por tudo aquilo ou todo aquele que precisasse delas. A ausência de senso comum as irritava, mas não surpreendia. Preguiça era mais que intolerável para elas: era inumano. Estivesse no campo, em casa, em seu próprio quintal, você tinha de estar ocupado. Dormir não era para sonhar, era para recobrar forças para o dia seguinte. As conversas eram acompanhadas por tarefas: passar roupa, descascar, debulhar, separar, costurar, remendar, lavar ou cuidar. Não dava para saber suas idades, mas a vida adulta estava ali em todas. Lamentar ajudava, mas Deus era melhor e elas não queriam encontrar seu Criador e ter de explicar uma vida inútil. Sabiam que Ele ia fazer a cada uma delas a pergunta: "O que você fez?".

Ci lembrava de que um dos filhos de Ethel Fordham tinha sido assassinado no Norte, em Detroit. Maylene Stone tinha um olho que funcionava, o outro tinha sido perfurado na serraria por uma lasca de madeira. Nenhum médico estava disponível nem foi chamado. Tanto Hanna Rayburn como

Clover Reid, mancas por causa da pólio, tinham se juntado a seus irmãos e maridos puxando madeira para a igreja danificada por uma tempestade. Alguns males, elas acreditavam, eram incorrigíveis, então era melhor deixar o Senhor acabar com eles. Outros podiam ser mitigados. A questão era saber a diferença.

O estágio final da cura de Ci havia sido, para ela, o pior. Tinha de ser batida pelo sol, o que significava passar ao menos uma hora com as pernas bem abertas ao sol tórrido. Todas as mulheres concordavam que aquele abraço a livraria de qualquer resto de doença do útero. Ci, chocada e envergonhada, recusou-se àquilo. Imagine se alguém, uma criança, um homem, a visse toda arreganhada daquele jeito?

"Ninguém vai ficar olhando pra você", disseram. "E se olharem? E daí?"

"Acha que a sua xoxota é alguma novidade?"

"Pare de encher sua cabeça", Ethel Fordham aconselhou. "Eu fico lá fora com você. O importante é que a cura seja permanente. Do tipo além da força humana."

Então Ci, se debatendo com a vergonha, ficava deitada sobre almofadas na beira da minúscula varanda dos fundos de Ethel assim que os violentos raios do sol batiam naquela direção. A cada vez, a raiva e a humilhação contraíam seus dedos dos pés e enrijeciam suas pernas.

"Por favor, Miss Ethel. Não posso fazer mais isso."

"Ah, fique quieta, menina." Ethel estava perdendo a paciência. "Até onde eu sei, todas as outras vezes que abriu as pernas você foi enganada. Acha que o sol vai te trair também?"

Na quarta vez, ela realmente relaxou, já que ficar rígida durante uma hora era muito cansativo. Ela esqueceu se alguém podia estar espiando por entre o milharal baixo do quintal de Ethel ou escondido atrás dos sicômoros além dele.

Ela nunca saberia se dez dias de entrega ao sol ajudaram ou não as suas partes feminis. O que veio depois da última hora da palmada solar, quando teve permissão para sentar-se recatadamente numa cadeira de balanço, foi o exigente amor de Ethel Fordham, que mais a tranquilizava e fortalecia.

A mulher puxou uma cadeira para o lado de Ci na varanda. Pôs uma mesa entre elas com um prato de biscoitos quentes do forno e um pote de geleia de amora. Foi o primeiro alimento não medicinal que Ci teve permissão para comer e o primeiro sabor de açúcar. Olhos fixos no quintal, Ethel falou com tranquilidade.

"Eu te conheci antes de você saber andar. Tinha uns olhos grandes, lindos. Mas cheios de tristeza. Vi como você era grudada no seu irmão. Quando ele foi embora, você fugiu com aquele desperdício de ar e tempo do Senhor. Agora você voltou pra casa. Corrigida afinal, mas é capaz de fugir de novo. Não me diga que vai deixar a Lenore resolver de novo quem você é. Se está pensando nisso, deixe eu te dizer uma coisa primeiro. Lembra aquela história da gansa e dos ovos de ouro? Que o fazendeiro pegou os ovos e que a ganância deixou ele idiota a ponto de matar a gansa? Eu sempre achei que um ganso morto dava pelo menos um bom jantar. Mas ouro? Xi. Isso sempre foi a única coisa que a Lenore tinha na cabeça. Tinha e adorava e achava que isso a colocava acima de todo mundo. Como o fazendeiro. Por que ele não arou a terra, plantou e cultivou alguma coisa pra comer?"

Ci riu e espalhou geleia em mais um biscoito.

"Entende o que eu digo? Olhe pra você. Você é livre. Nada nem ninguém é obrigado a te salvar, só você mesma. Plante a sua própria terra. Você é moça e mulher e as duas coisas têm sérias limitações, mas você é uma pessoa também. Não deixe a Lenore ou um namoradinho qualquer e com toda certeza nenhum médico do mal resolver quem você é. Isso é escravidão. Em algum lugar aí dentro de você está essa pessoa livre de que eu estou falando. Encontre ela e deixe ela fazer algum bem neste mundo."

Ci pôs o dedo no pote de geleia de amora. Lambeu-o.

"Não vou pra lugar nenhum, Miss Ethel. Aqui é o meu lugar."

Semanas depois, Ci estava ao fogão apertando folhas de repolho novo dentro de uma panela de água fervendo temperada com dois joelhos de porco. Quando Frank saiu do trabalho e abriu a porta, notou o quanto ela parecia saudável — a pele brilhando, as costas retas, não curvadas em desconforto.

"Ei", ele disse. "Olhe só você."

"Mal?"

"Não. Você está ótima. Se sentindo melhor?"

"Nem me diga. Muito, muito melhor. Está com fome? Isso aqui nem é comida direito. Quer que eu pegue um frango?"

"Não. O que você estiver fazendo está bom."

"Sei que você gostava do pão de frigideira da mamãe. Vou fazer."

"Quer que eu corte esses tomates?"

"A-hã."

"O que é tudo aquilo no sofá?" Uma pilha de pedaços de pano estava no sofá havia dias.

"Retalhos pra fazer colcha."

"Você algum dia na sua vida inteira já precisou de colcha aqui?"

"Não."

"Então pra que fazer?"

"As visitas compram."

"Que visitas?"

"Gente de Jeffrey, Mount Haven. A Miss Johnson do Bom Pastor compra da gente e revende pros turistas lá em Mount Haven. Se a minha sair boa, a Miss Ethel pode mostrar pra ela."

"Ótimo."

"Mais que ótimo. A gente está esperando eletricidade e água encanada pra logo. As duas coisas custam dinheiro. Só um ventilador elétrico já vale."

"Então quando eu receber posso comprar uma geladeira Philco pra você."

"Pra que a gente precisa de geladeira? Eu sei fazer conserva, e tudo mais que a gente precisa eu vou lá fora e apanho, corto ou mato. Além disso, quem é que cozinha aqui, eu ou você?"

Frank riu. Essa Ci não era a menina que tremia ao menor contato com a maldade do mundo real. Nem aquela que ainda com menos de quinze anos fugiu com o primeiro rapaz que pediu. E ela não era a ajudante que acreditava que o que acontecesse com ela enquanto estava drogada era uma boa ideia, boa porque um jaleco branco tinha dito que era. Frank não sabia o que ocorrera durante aquelas semanas na casa de Miss Ethel, a irmã cercada por aquelas mulheres com olhos que já viram de tudo. A baixa expectativa que tinham do mundo estava sempre visível. A devoção delas a Jesus e uma à outra as direcionava e posicionava muito acima do que a vida lhes dera. Entregaram para ele uma Ci que nunca mais ia precisar da mão dele tapando seus olhos ou de seus braços para silenciar seus ossos murmurantes.

"Seu útero não vai nunca gerar."

Miss Ethel Fordham tinha dito isso a ela. Sem pena nem alarme, tinha lhe dado a notícia como se tivesse examinado uma sementeira de mudas atacada por coelhos. Ci não sabia naquele momento o que sentia com a notícia, assim como não sabia o que sentia pelo dr. Beau. Não havia raiva disponível para ela — tinha sido tão idiota, tão ansiosa por agradar. Como sempre, punha a culpa de sua ingenuidade na falta de estudo, mas essa desculpa desmoronou no momento em que pensou naquelas mulheres hábeis que haviam cuidado dela, que a curaram. Algumas precisavam que alguém lesse os versículos da Bíblia para elas porque não conseguiam decifrar sozinhas as letras, então haviam desenvolvido as habilidades dos iletrados: memória perfeita, mente fotográfica, agudo sentido do olfato e da audição. E sabiam curar o que um estudado médico bandido havia saqueado. Se não era falta de estudo, o que era então?

Rotulada desde cedo por Lenore — única pessoa cuja opinião importava para seus pais, exatamente como Miss Ethel havia dito — como uma "filha da sarjeta" indigna de ser amada, mal tolerada, ela concordara com o rótulo e acreditava que era imprestável. Ida nunca disse: "Você é minha filha. Eu te adoro, você não nasceu na sarjeta coisa nenhuma. Nasceu nos meus braços. Venha aqui e deixe eu te dar um abraço". Se não sua mãe, alguém mais em algum lugar deveria ter dito essas palavras com sinceridade.

Só Frank a valorizava. A dedicação dele a protegera, mas não a fortalecera. Deveria? Por que aquilo seria função dele e não dela mesma? Ci não conhecia nenhuma mulher delicada, boba. Nem Thelma, nem Sarah, nem Ida, certamente nenhuma das mulheres que a tinha curado. Até a sra. K, que deixava os rapazes brincarem de coisas feias com ela, fazia cabelos e dava uma bofetada em qualquer um que mexesse com ela, dentro ou fora de sua cozinha-salão de beleza.

Então era só ela mesma. Nesse mundo com essa gente, ela queria ser a pessoa que nunca mais ia precisar de socorro. Nem de Lenore através das mentiras do Rato, nem do dr. Beau através da coragem de Sarah e seu irmão. Batida pelo sol ou não, ela queria ser aquela que resgatava a si mesma. Tinha cabeça ou não? Desejar não ia fazer acontecer, culpar também não, mas pensar talvez. Se ela não se respeitasse, por que os outros a respeitariam?

Tudo bem. Ela nunca poderia ter filhos para cuidar e lhe dar a condição de mãe.

Tudo bem. Não tinha e provavelmente nunca teria um parceiro. Por que isso era importante? Amor? Por favor. Proteção? Sei, claro. Ovos de ouro? Não me faça rir.

Tudo bem. Não tinha um tostão. Mas não por muito tempo. Ela podia inventar um jeito de ganhar a vida.

O que mais?

Depois que Miss Ethel lhe deu a má notícia, as mulheres mais velhas foram ao quintal e espalharam grãos de café e cascas de ovos no solo em torno das plantas dela. Vazia e incapaz de reagir ao diagnóstico de Ethel, Ci a observara. Do cinto de seu avental pendia um saquinho com dentes de alho. Contra pulgões, ela disse. Jardineira agressiva, Miss Ethel detinha ou destruía inimigos e alimentava plantas. Lesmas se enrolavam e morriam em água temperada com vinagre. Guaxinins ousados e seguros gritavam e saíam correndo quando suas patas macias tocavam jornal amassado ou tela de galinheiro colocados em torno das plantas. As espigas de milho protegidas dos cangambás dormiam em paz debaixo de sacos de papel. Sob seus cuidados, as hastes de feijão-de-espanha se curvavam, depois se endireitavam para anunciar que estavam prontas. Os ramos de morangos se expandiam, os frutos vermelhos brilhando na chuva da manhã. Abelhas se juntavam para saudar o anis-estrela e beber seu sumo. Seu jardim não era o Éden; era muito mais. Para ela, o mundo predatório inteiro ameaçava seu jardim, disputando sua nutrição, sua beleza, seus benefícios e suas exigências. E ela adorava isso.

Do que Ci gostava neste mundo? Ia ter de pensar a respeito.

Por enquanto, seu irmão estava ali com ela, o que era muito reconfortante, mas ela não precisava dele como antes. Frank havia literalmente salvado sua vida, mas ela, Ci, nem sentia falta nem queria os dedos dele em sua nuca dizendo para ela não chorar, que ia ficar tudo bem. Algumas coisas talvez, tudo não.

"Não posso ter filhos", Ci contou a ele. "Nunca." Ela baixou o fogo da panela de repolho.

"O médico?"

"O médico."

"Eu sinto muito, Ci. Sinto mesmo." Ele foi na direção dela.

"Não", ela disse, empurrando a mão dele. "Eu não senti nada no começo, quando a Miss Ethel me falou, mas agora fico pensando nisso sem parar. É como se tivesse por aqui uma menininha esperando pra nascer. Ela está em algum lugar por perto, no ar, nesta casa, e me escolheu pra nascer pra mim. E agora ela tem que encontrar outra mãe." Ci começou a chorar.

"Venha aqui, menina. Não chore", Frank sussurrou.

"Por que não? Eu posso ficar triste se eu quiser. Você não precisa tentar fazer passar. Não vai passar. É muito triste de verdade e eu não vou me esconder do que é verdade só porque dói." Ci não estava mais chorando, mas as lágrimas continuavam rolando por suas faces.

Frank sentou-se, juntou as mãos e apoiou a testa nelas.

"Sabe aquele sorriso sem dentes dos bebês?", ela falou. "Fico vendo isso. Vi isso num pimentão verde uma vez. Outra vez quando uma nuvem se curvou de um jeito que parecia..." Ci não terminou a lista. Ela simplesmente foi até o sofá, sentou-se e começou a combinar e recombinar os retalhos para a colcha. De quando em quando, enxugava o rosto com a palma da mão.

Frank foi para fora da casa. Andando de um lado para o outro no jardim, ele sentiu um formigar no peito. Quem podia fazer uma coisa dessas com uma moça? E médico, ainda por cima? Para quê, droga? Seus olhos queimavam e ele piscava depressa para se antecipar ao que podia vir a ser o choro que não chorava desde que era bebê. Nem mesmo com Mike em seus braços ou sussurrando para Stuff seus olhos tinham queimado daquele jeito. Verdade, sua visão às vezes enganava, mas não tinha chorado. Nem uma vez.

Confuso e profundamente perturbado, ele resolveu sair andando. Seguiu a estrada, cortou entradas de casas e contornou quintais. Acenando de vez em quando a vizinhos que passavam ou trabalhavam em suas varandas, ele não conseguia acreditar o quanto havia detestado aquele lugar um dia. Agora, parecia ao mesmo tempo fresco e antigo, seguro e exigente. Quando se viu à margem do Wretched, às vezes rio, às vezes riacho, outras vezes um leito de lama, ele se acocorou debaixo do loureiro. Sua irmã estava eviscerada, infértil, mas não derrotada. Ela podia saber a verdade, aceitá-la e continuar fazendo colchas de retalhos. Frank tentou organizar tudo mais que o incomodava e o que fazer a respeito.

14

Tenho que contar uma coisa pra você agora mesmo. Tenho que contar a verdade toda. Menti pra você e menti pra mim. Escondi isso de você porque escondi de mim. Senti tanto orgulho de lamentar os meus amigos mortos. Como eu adorava eles. O quanto cuidei deles, senti falta deles. O meu luto era tanto que me cobria inteiro de vergonha.

Então, a Ci me falou que via uma menininha sorrindo pela casa, no ar, nas nuvens. Isso me pegou. Talvez essa menininha não estivesse esperando pra nascer pra ela. Talvez já estivesse morta, esperando que eu desse um passo e dissesse como.

Fui eu que dei um tiro na cara da menina coreana.

Fui eu que ela tocou.

Fui eu que vi ela sorrir.

Fui eu o soldado pra quem ela disse "yam-yam".

Fui eu que ela excitou.

Uma criança. Uma menina pequenininha.

Eu não pensei. Não precisei pensar.

Melhor ela morrer.

Como deixar ela viver depois de ter me levado pra um lugar que eu não sabia que existia em mim?

Como eu podia gostar de mim mesmo, até ser *eu mesmo, se eu me rendia pra aquele lugar lá, onde eu abaixo o zíper da calça e deixo ela sentir o meu gosto ali mesmo?*

E de novo no dia seguinte e no outro enquanto ela continuava escarafunchando o lixo.

Que tipo de homem é esse?

E que tipo de homem pensa que pode algum dia na vida pagar o preço daquela laranja?

Você pode continuar escrevendo, mas acho que tinha que saber o que é verdade.

15

No dia seguinte, no café da manhã, Ci parecia ter voltado a seu novo eu firme, seguro, alegre e ocupado. Serviu cebolas fritas e batatas no prato de Frank e perguntou se ele queria ovos também.

Frank disse que não, mas pediu mais café. Tinha passado a noite sem dormir, se debatendo, emaranhado em pensamentos implacáveis e perturbadores. Em como havia acobertado sua culpa e vergonha com um grande lamento por seus companheiros mortos. Dia e noite ele se agarrara àquele sofrimento porque o poupava do ferrão, mantinha a menina coreana escondida. Agora o ferrão estava fundo no peito dele e nada podia arrancá-lo. O melhor que ele podia esperar era que o tempo o soltasse. Enquanto isso, havia coisas que valiam a pena ser feitas.

"Ci?" Frank olhou o rosto dela e ficou contente de ver que seus olhos estavam secos e calmos. "O que aconteceu com aquele lugar onde a gente ia se esconder? Lembra? Tinha uns cavalos lá."

"Eu lembro", Ci disse. "Ouvi dizer que compraram pra fazer um lugar de jogo de baralho. Apostam dia e noite. E tem mulheres lá também. Depois fiquei sabendo que fazem brigas de cachorros."

"O que fizeram com os cavalos? Alguém sabe?"

"Não sei. Pergunte pro Salem. Ele não fala nada, mas sabe tudo o que acontece."

Frank não tinha intenção de entrar na casa de Lenore para encontrar Salem. Sabia exatamente quando e onde encontrá-lo. O velho tinha hábitos mais regulares que um corvo. Ele se apoiava na varanda de um amigo a horas certas, voava até Jeffrey em determinados dias, e confiava que os vizinhos lhe ofereceriam petiscos entre as refeições. Como sempre, depois do jantar ele se acomodava no meio do bando da varanda do Olho de Peixe Anderson.

A não ser por Salem, os homens ali eram veteranos. Os dois mais velhos lutaram na Primeira Guerra Mundial, o resto combateu na Segunda. Eles sabiam da Coreia, mas como não entendiam sobre o que era, não lhe davam o respeito — e seriedade — que Frank achava que merecia. Os veteranos classificavam batalhas e guerras de acordo com o número de perdas: três mil aqui, sessenta mil nas trincheiras, doze mil em outra. Quanto mais mortos, mais valentes os guerreiros, não mais idiotas os comandantes. Embora não tivesse histórias nem opiniões militares, Salem Money era um jogador ávido. Agora que sua mulher era forçada a passar a maior parte do tempo na cama ou numa espreguiçadeira, ele estava mais perto que nunca da liberdade. Claro que tinha de ouvir as reclamações dela, mas sua dificuldade de fala o ajudava a fingir que não a entendia. Outro benefício é que era ele quem manejava o dinheiro agora. Todo mês dava um pulo até Jeffrey e tirava o que era preciso da conta bancária. Se Lenore pedia para ver o talão de cheques, ele a ignorava ou dizia: "Não se preocupe. Cada tostão está garantido".

Depois do jantar, quase todo dia, Salem e seus amigos se reuniam para jogar damas, xadrez e de vez em quando cartas. Duas mesas eram mobília permanente na varanda atulhada do Olho de Peixe. Varas de pesca apoiadas no parapeito, cestos de verduras à espera de serem levados para casa, garrafas de refrigerante vazias, jornais — toda a aglomeração que deixava os homens confortáveis. Enquanto duas duplas de jogadores moviam as peças, os outros, encostados ao parapeito, riam, davam conselhos e provocavam os perdedores. Frank pulou por cima de uma cesta de beterrabas Detroit Dark Red e misturou-se ao grupo de espectadores. Assim que o jogo de cartas terminou, ele foi para um tabuleiro, onde Salem e Olho de Peixe pensavam longos minutos entre os lances. Numa dessas pausas, ele falou.

"Ci me disse que aquele lugar lá, com os cavalos... aquele que era um haras. Ela disse que agora tem briga de cachorros lá. É mesmo?"

"Briga de cachorro." Salem cobriu a boca com a mão para conter a risada que saiu.

"Está rindo do quê?"

"Da briga de cachorro. Antes fosse só isso que eles faziam. Não. Aquele lugar pegou fogo faz um tempão, graças ao bom Deus." Salem gesticulou com a mão, para que Frank não o desconcentrasse do próximo lance.

"Quer saber das brigas de cachorro?", Olho de Peixe perguntou. Ele pareceu aliviado com a interrupção. "Era mais briga de homens tratados como cachorros."

Outro homem falou. "Não viram aquele rapaz que passou por aqui chorando? Como ele chamava? Andrew, você lembra o nome dele?"

"Jerome", disse Andrew. "O mesmo que o do meu irmão. Por isso que eu lembro."

"Esse mesmo. Jerome." Olho de Peixe deu uma palmada no joelho. "Ele contou pra gente que trouxeram ele e o pai do Alabama. Amarrados. Fizeram um lutar com o outro. Com facas."

"Não senhor. Canivetes. É, canivetes", Salem cuspiu por cima do parapeito. "Diz que tiveram que lutar um com o outro até a morte."

"O quê?" Frank sentiu a garganta fechar.

"Isso mesmo. Um deles tinha que morrer ou morriam os dois. Apostaram em qual vencia." Salem franziu a testa e se mexeu na cadeira.

"O rapaz disse que eles se cortaram um pouco, só até fazer uma risca de sangue. O jogo combinado era que só o que ficasse vivo ia embora. Então um tinha que matar o outro." Andrew sacudiu a cabeça.

Os homens se transformaram num coro, inserindo o que sabiam e sentiam por entre e por cima das observações dos outros.

"Eles eram doutores em briga de cachorro. Transformaram homens em cachorros."

"Dá pra ser pior? Jogar pai contra filho?"

"Diz que ele falou pro pai 'não, pai, não'."

"O pai falou pra ele, 'você tem que fazer'."

"Essa decisão é coisa do diabo. Qualquer coisa que o sujeito decida é uma viagem certa pro inferno."

"Então, como ele continuou dizendo não, o pai falou pra ele 'Me obedeça, filho, esta última vez. Vá'. E que ele falou pro pai 'Não posso tirar a sua vida'. E o pai falou 'Isto não é vida'. Enquanto isso, todo mundo, bêbado, tudo acalorado, foi ficando cada vez mais enlouquecido e gritava 'Parem de ganir. Luta! Que droga! Lutem!'."

"E?" Frank estava respirando pesado.

"E o que você acha? Ele matou." Olho de Peixe se enfureceu de novo. "Veio até aqui chorando e contou tudo pra nós. Tudo. Coitado. A Rose Ellen e a Ethel Fordham recolheram um troco pra ele ir pra algum lugar. A Maylene também. Nós tudo arrumamos umas roupas pra ele. Estava encharcado de sangue."

"Se o xerife visse ele pingando sangue, estava na cadeia até hoje."

"A gente levou ele embora numa mula."

"Ele só ganhou a própria vida, que eu duvido que valesse muito pra ele depois disso."

"Acho que não pararam com aquela coisa até Pearl Harbor", Salem disse.

"Quando foi isso?" Frank projetou o queixo.

"Quando foi o quê?"

"Quando que o filho, o Jerome, veio aqui?"

"Faz um tempão. Dez, quinze anos, eu calculo."

Frank estava se virando para sair quando outra pergunta lhe ocorreu. "Mas e então, o que aconteceu com os cavalos?"

"Acho que venderam", disse Salem.

Olho de Peixe concordou com a cabeça. "É. Pra um matadouro."

"O quê?" Era difícil de acreditar, Frank pensou.

"Carne de cavalo era a única que não era racionada durante a guerra, sabe?", disse Olho de Peixe. "Eu mesmo comi na Itália. Na França também. O gosto é igual de vaca, só mais doce."

"Comeu também no bom e velho EUA, só que não sabia", Andrew riu.

Salem, impaciente para voltar ao tabuleiro, mudou de assunto. "Diga lá, como está a sua irmã?"

"Curada", Frank respondeu. "Vai ficar boa."

"Ela contou o que aconteceu com o meu Ford?"

"Isso seria a última coisa na cabeça dela, vô. E devia ser a última coisa na sua!"

"É, bom." Salem moveu sua rainha.

16

Ci se recusou a entregar a colcha. Frank a queria para alguma coisa, estava incomodado com alguma coisa. A colcha era a primeira que ela havia feito sozinha. Assim que conseguiu sentar-se sem dor nem sangramento, as mulheres do bairro ocuparam o quarto da doente e começaram a separar retalhos, enquanto discutiam seus medicamentos e as preces mais úteis que Jesus notaria. Cantavam também enquanto costuravam juntas a gama de cores com que haviam concordado. Ela sabia que sua colcha não era muito boa, mas Frank disse que era perfeita. Perfeita para quê? Ele não dizia.

"Ah, Ci. Eu preciso dela. E você tem que ir comigo. Temos que estar nós dois lá."

"Lá onde?"

"Confie em mim."

Ele se atrasou para o jantar e quando entrou pela porta estava transpirando e sem fôlego como se tivesse corrido. Um pedaço de madeira lixada do tamanho de uma régua espetado no bolso de trás. E estava com uma pá.

Ci disse que não. Absolutamente não. Por mais malfeita que fosse, ela valorizava seu padrão sem graça e as cores fortuitas. Frank insistiu. Pela transpiração e pelo aço em seus olhos, Ci entendeu que, fosse o que fosse, era muito importante para ele. Relutante, calçou as sandálias e foi com ele, envergonhada de novo pela mediocridade da colcha que ele levava sobre os ombros. Talvez quem os visse pensasse que estavam indo pescar. Às cinco da tarde? Com uma pá? Dificilmente.

Caminharam até o limiar da cidade, depois viraram numa estrada de carroças — a mesma que seguiam quando crianças. Quando Ci, com dificuldade por causa da sandália fina, tropeçava nas pedras, Frank diminuía o passo e pegava a mão dela. Não fazia sentido questioná-lo. Como antigamente, quando se aventuravam de mãos dadas por território desconhecido, Ci acompanhou o irmão em silêncio. Por mais aborrecida que estivesse agora por ter voltado a fazer o que os outros queriam, ela mesmo assim colaborou. Só dessa vez, disse a si mesma. Não quero o Frank decidindo por mim.

As percepções se alteram: os campos encolhem quando a idade aumenta; meia hora de espera é tão demorada como um dia para uma criança. Os oito quilômetros pedregosos que percorreram nas mesmas duas horas que levavam quando crianças, mesmo então pareciam uma eternidade e muito, muito longe de casa. A cerca que era tão firme havia caído em quase todo o trajeto — os duplos sinais de alerta, alguns com o contorno de uma caveira, tinham sumido ou eram meras sombras de alerta agora, espetados no mato alto. Assim que Ci reconheceu o lugar, ela disse: "Está tudo queimado. Não sabia disso, você sabia?".

"O Salem me contou, mas não é pra lá que a gente vai." Frank protegeu os olhos por um momento antes de prosseguir, acompanhando o que restava da cerca. De repente, parou e experimentou o chão, pisando o mato, batendo o pé em certos pontos, até encontrar o que estava procurando.

"É", disse. "Bem aqui." Trocou a colcha pela pá e começou a cavar.

Ossos tão pequenos. Tão poucas peças de roupa. O crânio porém, estava limpo e sorrindo.

Ci mordeu o lábio, fazendo força para não olhar para o outro lado, para não ser a criança apavorada que não conseguia olhar diretamente a matança que acontecia no mundo, por mais atroz que fosse. Dessa vez, ela não se encolheu nem fechou os olhos.

Com cuidado, muito cuidado, Frank depositou os ossos na colcha de Ci, fazendo o melhor possível para arrumá-los do jeito que tinham sido em vida. A colcha se transformou numa mortalha lilás, carmesim, amarelo e azul-marinho. Juntos, dobraram o pano e amarraram as pontas. Frank entregou a pá para Ci e carregou o cavalheiro em seus braços. De volta à estrada de carroças, eles seguiram, depois viraram da entrada de Lotus para o rio. Depressa encontraram o loureiro — rachado ao meio, decapitado, morto-vivo: os braços abertos, um para a direita, outro para a esquerda. Ali na base dele, Frank depositou a colcha com os ossos, que tinha sido primeiro uma mortalha, agora um caixão de defunto. Ci entregou-lhe a pá. Enquanto ele cavava, ela olhava o riacho ondulante e a folhagem na margem oposta.

"Quem é aquele?" Ci apontou para o outro lado do rio.

"Quem?" Frank se virou para olhar. "Não estou vendo ninguém."

"Acho que foi embora." Mas ela não tinha certeza. Pareceu-lhe um homenzinho com um terno engraçado, girando a corrente de relógio. E sorrindo.

Frank cavou um buraco de um metro e vinte, um metro

e meio de profundidade por quase um metro de largura. Precisou fazer umas manobras porque as raízes do loureiro resistiam à perturbação e reagiam. O sol tinha ficado vermelho e estava para se pôr. Mosquitos tremulavam acima da água. As abelhas tinham ido para casa. Vagalumes esperavam a noite. E o leve cheiro de videira muscadínea picada por beija-flores acalmava o coveiro. Quando finalmente estava tudo pronto, soprou uma brisa bem-vinda. Irmão e irmã deslizaram o caixão multicolorido no túmulo perpendicular. Uma vez coberto com terra, Frank pegou dois pregos e o pedaço de madeira do bolso. Com uma pedra martelou-o no tronco da árvore. Um prego entortou, ficou inútil, mas o outro prendeu o suficiente para expor as palavras que ele havia pintado no marcador de madeira.

Aqui Jaz Um Homem. Em Pé.

Talvez fosse divagação, mas ele podia jurar que o loureiro concordou, satisfeito. Suas folhas verde-oliva enlouqueceram com a luz de um sol vermelho-cereja.

17

Fiquei lá parado um tempo, olhando aquela árvore.
Parecia tão forte.
Tão linda.
Machucada bem no meio.
Mas viva e bem.
Ci tocou meu ombro.
De leve.
Frank?
Diga.
Vamos, meu irmão. Vamos voltar para casa.

1ª EDIÇÃO [2016] 1 reimpressão

ESTA OBRA FOI COMPOSTA PELO GRUPO DE CRIAÇÃO EM MERIDIEN E IMPRESSA PELA GEOGRÁFICA EM OFSETE SOBRE PAPEL PÓLEN BOLD DA SUZANO S.A. PARA A EDITORA SCHWARCZ EM ABRIL DE 2022

A marca FSC® é a garantia de que a madeira utilizada na fabricação do papel deste livro provém de florestas que foram gerenciadas de maneira ambientalmente correta, socialmente justa e economicamente viável, além de outras fontes de origem controlada.